Ludwig Weibel
Liebe und Sein
Exquisite Briefe
aus des Herzens liebevollem Gral

Books on Demand

Bibliographische Information der Deutschen Nationalbibliothek. Die Deutsche Nationalbibliothek verzeichnet diese
Publikation in der deutschen Nationalbibliographie, detail-
lierte bibliographische Daten sind im Internet über
http://dnb.dnb.de abrufbar.

© 2015 Autor: Ludwig Weibel
Herstellung und Verlag:
BoD – Books on Demand, Norderstedt
ISBN 9783738627602

Ludwig Weibel

Liebe und Sein

Inhalt

1

Was immer schön ist

14. 9. 1997

Was immer schön ist, ist im Glanz der benedeiten Stunde wahr und wird es unumstösslich bleiben. Das Wunderbare feiert sich in weichen, vollen Zügen und gewährt sich, was es immerdar ersehnt in hochgewölbtem Bogen. Bleibendes zerfliesst und Fliessendes wird bleiben in der Andacht einer glückerfüllten Zeit, die sich die Traulichkeit zum Ideal erwählt.

Sanfte fällt sie ein ins Zwillingslauschen und geleitet es ins wache Seligsein in göttlichem Genügen.

15. 9. 1997

Die Gefühle sublimieren, damit sie nicht weh tun im Gesang, den die Worte verströmen. Die Zeit walten lassen, die gütige, bis die Woge wieder sich zum Frieden glättet und zur makellosen Harmonie.

Das Geschöpf mit Sanftmut und Weichheit umgeben im Gedankenschwingen und seiner Schönheit Zeuge sein im glänzenden Erinnern. Atmen wie im Flaum der Rosenwölkchen eines erwachenden Sommertags. Des Fabulierens Lust erkennen, *ob* den Herzensnöten in beseelter Allegrie.

Das wird getan, bevor die Äuglein die Gewinste eines langen Tags in sich verschliessen.

16. 9. 1997

Wir bringen zum Ausdruck, was uns bewegt, und gewähren der Seele die Gunst des Sich-mitteilen-Könnens. Indessen ist es immer nur ein winziges Facettchen, das da aufblitzt von dem majestätisch Vielen, das im Raum ersteht.

Die Worte mögen dich liebkosen, denk ich, ihre Stimmung sei dem Sternenklang verwandt und adle dich, indem du lauschest, ruhigen Gewahrens.

Weihe dich dem Sein, will ich dir sagen, atme Reinheit in der Seligkeit des Morgens und erwache zum Gebet der Heiterkeit im Wunder deiner Züge. In Mir soll deine Seele ihre Ruhe finden. An Meine Innigkeit geschmiegt, sollst du dich deines Wesens freun in liebendem Vertrauen.

Lächelnd will Ich, was du bist, in *Meinen* Schwingen sehn; Meiner Wärme Sinnbild will Ich dir verströmen und dich laben mit dem Nektar Meiner fein gesüssten Gaben.

Sanften Taumels sollst du Meine Nähe spüren, tag und nächtig, in der Kümmernis und im bewussten Wohlgeraten.

Versichert darfst du sein, dass Ich dich trage durch dein Sein, wie man die Kindlein trägt auf schützend, weichen Armen.

In deinem Hoffen bist du in Mir gross, und deine Schritte tragen dich in wohlgemessnen Zirkeln Mir entgegen.

Das Rauhe mach Ich fein in deinen Gründen, dein Wissen mehr Ich, und der Zauber, den Ich dir verbreite, zieht dich unentwegt hinan.

Ja, bergen will Ich dich im Wunder Meiner Güte, dich begeistern, dass du schön wirst, wie die Blüte in des Frühlings Auferstehn. Du wirst Mir, wie auf Flügeln, deiner Künste Wagemut beweisen und in Unschuld und Erröten vor Mir stehn.

Das trau Ich dir, zu wirken, zu und streu dir leise Meine wohlgemessne Zärtlichkeit ins Haar.

18. 9. 1997

Lieb und weise sollen wir uns sehn im Menschengarten. Ich berühre dich von innen her, um dir die Schönheit Meiner Gegenwart zu offenbaren. Verklären will Ich dich, mit Glanz der Sonne dich versehn aus Meinen weihevollen Gründen.

In Mir ist alles gut. Indem Ich dich durchströme, bist du rein bis in die letzten Fibern und besänftigt von der Würde Meines milden Glutens.

Wie es auch sei mit dir, Ich hülle dich in Meines Adels Mass, und leite dich zu Fluren der Gerechtigkeit, belohnend, was du dir um Meinetwillen nicht gewährst. Die Tage kommen dir wie Bilder schöner Gärten voller Farbigkeit entgegen. Wachsam sei, dass du kein Fehl dir denkst, und nur die Güte Meines Dich-Umfangens spürst, und dich von ihr beglücken lässest in der Seeleninnigkeit, Mir hingegeben.

Lächelnd wollen wir Gefühle tauschen der Beseligung und uns erlaben an dem Licht, das uns verbindet und durchflutet, ein erhaben, unermesslich Meer.

So rein wie Kinder sind, sind wir im Reinen und vereinen uns in glänzender Geschwisterschaft im *Einen*, das wir sind und bleiben, wunderbar.

19. 9. 1997

Siehe da, Mein Bild, Ich will dich wie aus einer andern Welt begrüssen. Über Zeit und Ewigkeit dir Meine Hand zu reichen, ist Mein herzergreifendes Versuchen; dir, was du wirklich in Mir bist, zu offenbaren, Meine übergrosse Sehnsucht und Mein Ziel. Trau dir das Grösste, im Erkennen, zu, bereite dir das Fest des Wachsens in Mein Meer von lauter'm Licht und unermesslichem Behagen.

Die Treue fühl in dir, mit der Ich dich in unablässigem Bedeuten zu Mir führe; die Blumen breit um dich, erhabener Gesänge, Mich zu grüssen.

Schau, es wächst in dir die Zeit, wo alles frei ist, was du wollend dir gewährst, weil das Erhabne dich durchflutet. Reich und reicher wallt *Es* auch in dir im Heldenmut, dem du dich hingegeben.

Behutsam neig Ich Mich zu deiner Weise und berühr dein Sein mit Meines Willens Zauberstab, dein Dasein zu verschönen. Das Filigran der Zartheit breit Ich über deine Nächte und beglücke dich von Seel zu Seele in bedeutungsvollem Spiel.

20. 9. 97

Ich Bin dir Vater, Mutter, Bin dich selber als Mein Kind in unerschöpflichem Beleben. Ein Schreiten ist es, siegreich durch Äonen, ein Sein in selbstverständlicher Manier, dem Wesen Meiner Phantasie entsprossen.

In dir Bin Ich des unentwegten Wanderns Unterfangen, in deiner Unschuld Meines Lächelns wundervolle Zier.

Dein Werk gelingt, so wie Ich *Meines* zum Gelingen bringe, dein Sein wird Seligkeit eratmen, wie das Meine sich in Seligkeit verliert.

Du Bist, so wie Ich selber Bin, Mein Teil - und *Alles* in der Sagenhaftigkeit des Seins. Begreifen wirst du dich in deiner eignen Milde, wirst warm und weich von Liebe jede Regung deines Inneseins verstehn.

Ein Zeichen bist du dir des Überschreitens aller Mühsal in der Glorie des In-Mir-Weilens, ein Strahl von *Meinem* Strahlen darfst du, musst du sein in der Verherrlichung des Lichterscheinens.

Komm und schmieg dich an Mein Sehnen, dir vollends gut zu sein in Zärtlichkeit im liebevollen Hier. Mit Heiterkeit von *Meinem* Heitersein will Ich dich immerdar verwöhnen.

Komm, und beuge dich zur Süsse eines Lippenpaars, von *Meinem* Saft durchströmt, dass Ich dich ganz mit Meiner Süssigkeit durchströme.

Wandle frei in deiner eignen Würde vor Mir her und taufe dich mit Schönheit aus den Kammern Meines Dich-mit-Lieblichkeit-Versehns.

In Meinem Prunkgemach wirst du in Anmut weilen, von Reben kostend, Honig, und von dem, was *Ich* dir in die Seele träufle, zeitlos in wundersamem Werden.

Du, Mein Du, umfangen will Ich dich mit Meinen Schwingen ohne Zahl und dich in Meiner Herrlichkeit verbergen.

21. 9. 1997

Eine Stimme spricht dich in geheimnisvollen Tiefen an: "Ich Bin Glückseligkeit des Seins im Ewig-Dauern, Born der Leichte, schwebende Gelöstheit, zärtliches Umfangen Meiner eigenen Natur."

Übergross im Allertragen trag Ich Mich dir an im innersten Geheimen und begabe dich mit Licht von Meinem Strahlen, führ dir Märchenbilder vor und bade dich in Meines Schwingens Melodie.

Du Sanfte, Traute, tapfer dich Gebärdende, Ich ströme Mich in deines Strebens Kräfte, fasse dich liebkosend in Mein Sein und überwalte, was du bist, in gütevollen Zügen.

Alles ist in Mir und dir vollendet, weil Ich unaufhörlich deines Wesens Wahrheit in Mir trage. Keine Sorge lass Ich dich berühren, deiner Wachheit Augenblick Bin Ich im Hier, und deines Wirkens Wohlgelingen strömt aus dem, was *Ich* dir liebevoll besage.

Neig dich in der Stille Meinem Weistum zu und läutere dein Sinnen an der Lauterkeit, die *Mich* beseelt.

Sag "Ich Bin" zu dir, und wisse, dass es *Meines* Seins Worte sind, mit denen Ich Mich selbst erkläre.

Ich Bin und lasse Mein Mich-selbst-Erkennen, wie die Morgenröte, hoch zu Meinen Häupten stehn. Ich wese ewig in der Benedeiung Meiner Tiefen und verkünde unablässig Meines Glückes sagenhaften Stil.

Die Siegel öffnend, tret Ich strahlend ins Erscheinen und verbreite Heiterkeit und Wonne, wo Ich Meine Treuen hoffen seh.

Mich selbst zu kennen in der Wirklichkeit des Währens, ist das Weilen im Elysium, von Winden sanft umfächelt des Begeisterns und von Wesen reiner Anmut durch die Frühlingswerdelust geführt. Das sag Ich dir ins Ohr des Sehnens und führe dich zum Reigen der Gelöstheit in beseligender Harmonie.

22. 9. 1997

Die wahre Liebe aber macht die Wesen schön. Das Glück der Seele widerspiegelt sich im Antlitz der Beglückten, und verklärt den Augenblick in wundertätigem Begaben. Eine Knospe blüht, der Windhauch weht darüber und entzückt ihr Sein, das duftend sich verströmt und im Verströmen sich erfüllt in Schönheit und Entsagen. In Sanftmut wend ich mich zur Ruh und ströme dir die heitre Fülle meines Inneseins entgegen. Alles ist so gut in dieser Sphäre des Beglückens, und die grosse Mutter Allnatur umfängt uns liebevoll mit weitgedehnten Armen. In ihr geborgen sei auch du, und sei behütet in den Schwingen dessen, der dich denkt, und deines Fühlens Wonne ist von Tag zu lichterfüllten Tagen.

24. 9. 1997

Es ist ein verrückt scheinender Gedanke, aber er ist schlussendlich wahr, dass wir nur mit unserem Bewusstsein aus dem Paradies hinausgegangen sind. Es ist doch alles so, wie *wir* es sehen wollen. Sehen wir Glück, sind wir glücklich; sehen wir Misere, sind wir miserabel. Alles ist ein grosses Spiel der Illusionen.

Kehren wir also heim ins Glück des paradiesischen Bewusstseins. Nehmen wir den langen Heimweg auf uns und schaffen wir Tag für Tag daran, die Wohlfahrt der Welt zu vermehren.

Schwesterchen, geliebtes Schwesterchen, ich bin dir so verbunden, dass ich unablässig Licht und Gutsein in dein Wesen ströme. Nimm sie auf zu deiner Seligkeit und *sei*.

25. 9. 1997

Alle Dinge ergreifen und durchströmen sich in ihrem Sein. Das Flutende nimmt sich in sich zurück und wallt in schnellen Wogen neuen Taten zu. Wir dürfen ganz im Spiel verweilen, solang wir unser Sein im Ganzen sehn. Vollkommen ruht das Herz im reinen Bleiben und erlabt sich an der Fülle des Geschehns. Sei in Mir, allwie der Lotus, im Gedankenschweben, und erfahr des Seligseins unendliches Gefühl.

26. 9. 1997

Stille Andacht in der Seelenharmonie des nächt'gen Weilens. Weiten, wunderbare, überall, und Sterne im Erglühn.

Ein Ruhn in Freuden des Elysiums, ein Mich-Verströmen ins Unendliche. Ganz nah, im reinen Schauen, Bin Ich deinem Sein und weite es in Meiner Räume unermessne Schöne. Es ist ein Weilen in der Süsse des Verstehns, ein Einig-Sein im innigsten Gewahren.

Ohne Makel west das Unerschaffene in seinem Bleiben und verklärt uns zur Glückseligkeit im Lichte des Erkennens.

27. 9. 1997

Die Welt bewundern, frei sein im Gemüt, und spielend deiner Phantasien Lauf verfolgen in der Leichte des Gewissens, wie im Drang des Schönen, aus sich selber zu erblühn.

Vor einem liebenswerten Herzen leg Ich alles nieder, was die sel'ge Stunde Mir gebar, sein Dasein zu entzücken, dass es selber sich in Hochgemutheit und Verklärung findet. Denn so ist die Welt im Augenblick vollendet und voll Anmut in der Lieblichkeit des Schauens. Atme du dies Glück in langgedehnten Zügen und verleih dem Sein den Zauberglanz, der ihm gebührt im Allertragen.

28. 9. 1997

Es werde - und es ward, in der Formenvielfalt des Geschehns. Ich lange sehnsuchtsvoll nach dir in dieses Herzens Glut und will es nimmer sagen. Ruhig, jauchzend, schön ist, was *Ich Bin* in dieser Tage Seligkeit an sich: Die milden Abendlüfte tuns, die Stimmung des Verliebtseins wie ein leises Trunkensein, und dann das Licht, das sich verströmen will zu dir und aller Welt in unermesslichem Vergeben. Lächelnd trag ich dies vor deiner Seele Andacht und bereite dir ein Fest der schönen Herzensgaben. Warm von Trautheit hüll Ich dich in meiner Arme Rosenbund und lass dich an der Brust der Wonne in bewegter Lieblichkeit vergehn.

30. 9. 1997

Nun wendet sich das Blatt dir zu. Vom Grossen strömt ins Kleine: Weisheit, Opfermut und freudiges Entsagen. Du bist gesegnet, wie die Mutter mit dem Kind, von *Meiner* Flamme des Bewusstseins der Allherrlichkeit. Von Stund an wirst du nimmer klagen und Mein Werkzeug sein im unverwandten Dienen. Dein Leben nimmt die Wendung grossen Schicksals in der Liturgie des Daseins. Dein Heldentum vollbringt, was *Ich* von dir erwarte, und Mein Vermächtnis ist, von Tag zu Tag bei dir zu bleiben. Im Herzen *Meines* Wortes ganz gewiss gewahr, verklärst du, was du bist, in wundertätigem Bewegen.

1. 10. 1997

Im Frieden dieses Abends ruhe ich bei dir, geliebtes Du, im Geiste, und empfehle dich der Güte des Allherrlichen, der jedes Ding beseelt, und deiner Treue Vorbild ist im Treusein ewigen Bedenkens. Mein Erbarmen hüllt dich in den Mantel der Glückseligkeit, Meine Augen sind den deinen eine Weide himmlischen Erkennens, und im Widerspiel des Staunens sehen sie in ihnen neuen Glanz erscheinen. Unermüdlich schau Ich deine Schönheit an, und bewahre deine Züge in der Innigkeit glückseligen Begreifens. Meines Lächelns trauliche Gebärde grüsst dich an der Herzenstür.

2.10.1997

Im Überschauen und Trauen, im Alles - und Nichtssein, im Werden und Bleiben *Bin Ich* Meines eignen Rates Zierde, Meiner heilen Liebe Glanz und Meines Grossmuts Ideal.
Ich bebe inniglich um dich und bin doch ruhig im Geheimen. Ganz Sehnsucht Bin Ich und verleih Mir doch der Freiheit Flügel in der Bläue des Mich-selbst-Verströmens, in der Zartheit eines Windhauchs, wie im Lächeln unversehrter Heiterkeit im Weh.

3. 10. 1997

Der erkannt hat, verlässt innerlich Vater und Mutter, Weib und Kinder, um nur immer dort zu sein, wo ihn das unabänderliche Heimweh hinführt: Ins Sein, ins Bewusstsein der All-Gegenwart, ins Strahlen des Lichts und in die Seligkeit des Ewigen .
Sein Da-Sein in der Welt ist das eines Gesandten des Himmels, der seine Brüder und Schwestern zur Einheit des Seins hinführen möchte, um eins mit ihnen und in

jeder Faser des Empfindens ihres Glückes Quell zu sein
und ihrer Glorie Beginnen.

13. 10. 1997

Aus dem Sondersein erwachen
will deine Seele
will ihres wahren Seins Erfahrung machen
ohne Fehle;
will ruhn in wundervollen Gründen
und feingefühlte Seligkeit empfinden.

O schau, die Tage sind nicht fern
vom endlichen Erlangen,
zu viel bist du an *Meiner* Innigkeit gehangen
auf des vollen Lebens Spur.

Sei still und warte nur,
das Grosse stillt im Grossen dein Verlangen
und vergibt sich deinem liebevollen Herzempfangen.

17. 10. 1997

"In diesen heil'gen Hallen, kennt man die Rache nicht."
Es rächt sich nicht, wenn wir im Heiligtum der Seele uns
vereinen.

In O und A und Wenn und Ach mag sich die Seele
winden, doch der Geist, in Treue, sagt: Sei still, es wird
ein Wunderbares dir geschehn. Ein Segen gross vom
Himmel wird dich überkommen und umfangen wie mit
Cherubsschwingen. Schmieg dich in Seiner Innigkeit
Gefieder, wärm, was du bist, in Seinem Schoss und *sei*,
von Licht und Heiterkeit durchströmt.

Ave, ave, lasst uns sein in Demut und in Schmerzen
-Liebliche der Tugend und Erwachte zu hochhimm-
lischem Geschehn. In des Lächelns Trost, wie im
vollendeten Vergeben, schauen wir Glückseligkeit und

tränken unsrer Einfalt flüsterndes Gewebe mit Verlangen und Vergehn.

Dein neuer Weg beginnt; er möge hell sein wie von einer Liebessonne Strahlen. Leichter, freudiger denn je soll sich dein zierlich Füsschen durch den Dschungel der Begriffe höhwärts winden.

Ein ständiges Begleiten sei es, deines Wesens, in der Trautheit, licht und schön.

18. 10. 1997

Eine Herzensweihe und ein Rätsel; eine Trunkenheit der Sinne und ein Streben ins unendliche Verwehn. Ein Schweben und Verdichten des Gefühls ins allerzärtlichste Berühren. Ein hilflos Niedersinken in der Liebesqual. Ein Wunder des Errötens, eine Zierde, holder als das Morgenrot, das kein Empfinden kennt in seiner Schöne.

Trautheit in der Wesensharmonie, ein Lichten und Verstehn im Klang der Stimmen und im hingehauchten Lebewohl.

24. 10. 1997

Das Priesterliche meidet es, das Kleid der Brünstigkeit zu tragen. Die Flamme reiner Liebe hüllt es ein, und ohne Absicht, leichter Hand, gewährt es himmlisch seine Gaben.

Keine Träne lässt sein Trost zurück, wenn es vorüberging, nur Wohl und Heiterkeit des Lebens.

Geweihte sind wir alle einem hochgesetzten Ziel, und Wandernde auf noch und noch verschlungnen Wegen.

In Freundlichkeit und zartem Sich-Erleben neigen wir uns unsrer Einheit zu und lächeln Seligkeit ins stillende Begreifen.

17

Wir gehn und gehn hinaus, uns selbst zu suchen, und gehn ins Abseits unsrer selbst - bis uns die Sehnsucht innehalten lässt und wir den langen Gang zurück betreten.

Zurück ins Sein, dem wir entsprungen, heim zur Quelle, die wir Vater nennen, oder Mutter, oder Weltenschafferin.

Der Weg beglückt. Das Rauschen reiner Seligkeit ist fernhin schon zu hören, und das Licht nimmt täglich zu in unserm Schauen.

Jedes Wesen findet sich in Mir. Auch deiner Seele Weichheit darf sich bergen in den Weiten Meines Seins, darf weinend sich an Meine Innheit schmiegen im Erfahren Meiner Näh.

Vertrau auf Meine Güte, neig dich Meiner Liebe liebend zu und wandle deinen Weg mit reiner Absicht, nie gebrochnem Wollen und voll Heldenmut.

Ich schütze dich, indem Ich Meine Schwingen um dich breite und dich leite sicherlich von Steg zu Steg in deinem Schreiten.

Sei voll Ruh, indem du *Meiner* Ruhe Strömen wie den Wohllaut eines langgedehnten Freudentons erfährst und dich ihm hingibst in der Anmut sanft entzückender Gebärde.

Deines Lächelns Melodie bewegt Mein Herzblut im Verweilen. Deines Wesens Zauber füllt das bräutliche Gemach, in dem Ich dir, im Lichte schwingend, Meiner Gegenwart Behutsamkeit gewähr.

So sind die Zeiten ein glückselig Singen, so weisen wir den Nächten Wonne zu in Liedern und liebkosendem Bewegen.

Wie von fern, mit Silberglöcklein läutend, will Ich dein Gehör erfreun, und deinem Sehnen frohe Kunde bringen von Erfüllen und Verstehn.

Ich taufe dich mit Licht, und du wirst Licht gebären,
Mein Idol. In Wärme hüll Ich dich und Helle, hüll dich
ganz in Zartheit und verschwende Mich an dein
entzückend Wesen.

Zur Grösse zieh Ich dich empor, ein Rosenbäumchen,
das im stillen Gärtchen blüht und sich beseligt an der
Sonne liebevollem Strahlen.

Wie reich ist, was du bist, indem du Mich empfängst
in deiner Würde Dauern.

27. 10. 1997

Aus Tapferkeit geboren ist dein Sein, aus voller Stärke,
Sanftmut, Lieblichkeit und Weh. Ich giesse Wasser auf
die Mühlen deiner Emsigkeit, verseh dich mit dem Siegel
des Gelingens und gewähre dir die Lust am edlen
Streiten. Alle Wanderwege will *Ich* dir bereiten durch das
Lebensparadies, dir den Rücken stärken, dass du dein
pralles Säcklein wohl erträgst der Schicksalslasten, heiter
und gelöst.

29. 10. 1997

"Ich leb in reinem Glücke ewiglich dahin", so darf der
Wache sprechen, wenn er seinen Seelengrund berät.

Gehorsam Bin Ich ganz dem ehernen Gesetz
geworden, das Ich selber Bin; den Frieden hab Ich Mir
errungen in der Winzigkeit des Selbstbestehns. Hier ist
nun alles trefflich gut und wohlgetan im ew'gen Bauen.
Die Segel sind gesetzt, und eine Sommerbrise führt den
Nachen durchs Unendliche des Ozeans, dem sich der
Sinn ergeben.

Tonlos singt die Herzensharfe Mir Entzücken zu; von
einer Welt aus Wundern Bin Ich rings umgeben.

Komm, Ich führ dich weiter in die Seligkeit hinein als du dich jemals hinbegeben. Liebkosen will Ich, was du bist, in zärtlichem Verschenken, dass du wie traumverloren deines Fühlens Knospen öffnest und im Freudenlicht erblühst.

Wir wandern durch die Zeit in sel'gem Weilen und ergeben uns dem Wonnesein, das uns umhüllt und in uns leise, langgedehnt Vollendung atmet.

2

Die Züge grosser Weisheit

Die Züge grosser Weisheit, Wärme, vollen Glücks erfüllen Meinen Seelenraum, der deinen mild umschliesst und dich darin voll Zärtlichkeit mit Licht durchflutet, und mit innigem Gefühl für das Unsägliche, das in uns webt und lebt in unaufhörlichem Bewegen. Ein Singen und Beglücken klingt in dieser Sehnsucht, und ein feines Weh von Tag zu Tagen. Heimlich heimisch ist es uns und will uns unentwegt begleiten. Das ist wahr und wirkt und lässt uns nimmer los, derweil das All-Erhabensein uns tröstet und den Drang verklärt nach allerzartestem Berühren.

Deswegen lächle Ich dir zu in leichtgefühlter Freiheit und im Frieden der Glückseligkeit, die Mich beseelt an diesem Tag der Wonne im natürlichen Verweilen.

Wie mütterlich die Sonnenmelodei, wie luftig und geheimnisvoll in feinen Dünsten der azurne Äther, der im Silberlichte strahlt.

Ein Lächeln, ja, und eine ganze Seele strömt dir zu in deinen Graden und erhellt dein Sein in wundertätigem Vergeben.

1. 11. 1997

Ein Mondkaktus träumt von Allerheiligen und errötet, weil er noch so viele Sündenstacheln an sich trägt. Wir sind alle kleine Kommunisten, die im Kritisieren wie mit Stächelchen das Sein verletzen, dem wir innewohnen.

Allerheiligen gemahnt uns daran, dass wir zur Vollkommenheit bestimmt sind. Am besten ists, wir fangen sogleich an und lieben, was wir sind, in uns und in den andern, dann ist alles gut. Heut sind wir Heilige und wandern tiefbeglückt durch Gottes Strassen, weil wir nichts Unvollendetes in unserm Schädelstübchen hüten.

1. 11. 1997

Wenn es still wird in den Seelengründen, öffnen sich die Tore zur Unendlichkeit; wenn die widerstreitenden Gedanken schweigen, kommt der *eine* nur zum Zug: Dir gut zu sein in warm gefühlten Worten, fabulierend, tröstend, unterweisend deine Seele zu verklären.

2. 11.1997

"Ich Bin *Es* an dieser Stelle des Erscheinens". Dies Erkennen schenkt uns ein Gefühl unendlicher Sicherheit. Alles erscheint richtig und gewollt, so wie es ist. Ein überragend grosser Wille lenkt in uns und allem die Lebensdinge zum Guten. Das *Es* in uns erlebt auch das Schmerzliche, das alles zur Vollendung führt. Indem wir *Es* sind, ist es vollkommen solidarisch mit uns. Und somit *Bin Ich* dich, und du, mein liebes Schwesterchen, bist Mich. Im Sein sind wir in eins verschlungen und beglücken uns im Liebsein jetzt und immer durch Äonenzeiten. Ja, das ordnet uns einander zu und lässt uns nimmer, nimmer fahren.

3. 11. 1997

Ein Lächeln und ein Weh von Gottes Gnaden. Eine Windsbraut, eine Schenke, wo die Beiden kehren ein, ihren Durst zu zügeln.

Lang sind die Tage, und die Jahre gehn vorüber wie ein Hauch, derweil die Blüten ihren Liebeduft verströmen.

Im Schweben singt das Vöglein sich ein Lied und traut sich zu, den Morgen zu erhellen, im Sein beglückt und in der Lieblichkeit der Sphären.

Ein Mägdlein in der Kammer seufzt, und seufzt dem Wunder der Erfüllung unentwegt entgegen.

Wohin des Herzens Ströme, wohin die Inbrunst des Vergebens der Gefühle, wenn nicht zu dem, der sie erweckte, hochgemut und wahr.

Ihr lässt euch traulich nieder, eins beim anderen, im Bilde des Entzückens, auf der Fährte des Vereinens und Verschmelzens offenbar. Wie lieblich klingt in euren Ohren, was Amor zur Harfe oder Flöte singt in Stunden des Verweilens, weichen Sinnes und Gemüts im Stand der Sagenhaftigkeit. Nur, dass die Augen sich ein Märchen von Beseligung erzählen.

So neigen Welten sich einander zu in stummem Aneinanderlehnen, so schmücken sich die Sinne mit der Urkraft des Vergebens.

Treuherzig ein Studentenröschen legt der Träumende auf ihr geschürztes Lippenpaar und lächelt ihrer Seligkeit im Einssein eine Botschaft aus Elysien entgegen.

Hoch in Wundern lassen sie sich von der Blütezeit verwöhnen, die ihrem Ahnen Freude bringt und herzergreifendes Versöhnen.

Menschenfreundlichkeit und Würde sollen wir verschenken. Im Bewusstsein hellen Strahlens wollen wir uns Mut verleihen zur bedeutungsvollen Tat.

Was wir sinnen, sei ein Aufbruch ins Geheimnisvolle, das uns nährt, sei ein unerschütterliches Unser-Sein-Beleben mit Erkennen und befreiender Gewähr.

Du stehst im Ringen um die rechte Bahn. Du wendest voll Vertrauen dich an die Behüter deines Wesens und erfährst in wunderbaren Schritten, was dir frommt, in Reinheit und Entsagen.

Gross ist das Sein des Einzelnen im Ganzen, voll
Bedeuten jede hingegebne Wendung, jede sinngeladne
Tat.
Es lösen sich die Bande, und neue, lichtere ergreifen,
was wir sind, in unaufhörlichem Umfluten.
Auch die Lippen lassen sich im Feuer sanfte los und
verklären ihr Empfinden unbeschreiblich in des Lächelns
liebendem Begreifen.
So tragen wir uns fort in Wundern des Gebarens, und
erfreuen uns im Morgenleuchten unablässigen Um-
wehns.

11. 11. 1997

Lieb in Gedanken den, der dich verletzt, und heb ihn ins
Erbarmen. Du selber bist es, in der Einheit der Gestalten,
der sich dir entgegenstellt. Ein ehernes Gesetz gebietet,
dass die Liebe dich und ihn erlöst - ins Sein und in ein
glückerfüllendes Bewähren.
Was Ich dir zeige, wird noch ewig währen. Schau es
an; gewahre reinen, milden Glanz und übe dich in stetem
Wohlbeginnen.
Kein Gedanke sei in dir, der nicht die Liebe um sich
breitet, kein erschütterndes Gefühl, das nicht im Stillen
um Verzeihung fleht.

17. 11. 1997

Die Seele schwelgt Glück, wenn sie sich in sich selber
findet. Wie Träumen schön ist ihr Befinden, und äussert
sich in Frohgemutheit und Behagen.
Die stille Zeit bewirkts im Weilen ohne Richt und
Ziel und schenkt ihr unvermittelt, was sie sucht in ihren
Gründen.
Ob dus kannst? Ich nehm dich in die Obhut Meiner
Gnaden und verleih dir wachende Geduld, in der du, was
dir frommt, empfindest und dich im Staunen *Meiner*

Sicherheit vermählst. Denn *Ich Bin* der Hüter der Gedanken und zeuge auch in dir mit Meinem Strahl. Des sei dir stets bewusst, wenn du dich brüsten willst ob deiner Weisheit; nimmer wird sie neben Meiner noch bestehn.

So trag Ich dich ins Wolkenkuckucksheim auf raschem Flügel und bereite dir ein Fest des zärtlichen Erwarmens. Hier liegt die Würze in der Ruh, und deine Seligkeit ist Meines Gegenwärtigseins Idol.

Nur, dass Ich deiner Treue sicher bin, in der du Mich bewahrst in deiner Herzensmelodie, und ohne je zu wanken. Dann ist alles gut, was du im Lichttag unternimmst vom Aufgang bis zum feuerhellen Niedergehn.

21. 11. 1997

Dort ruht die Anmut, ruht und wacht und ruht mit hochgewölbtem Schoss, in Tränen - der Verzärtelung entgegen.

O nimm mich, nimm mich leis und lichterloh und netze mich in meinen Netzen, im Gewinde reiner Qual.

Feuer, Asche bin ich schon in meinem Brüten - lass mich in dir auferstehn.

Lass Minne walten, überwaltende Gewähr, und giesse Frieden in die Schalen meines Seelenseins im Duft der Zartheit, in der Sonne reinen Glücks - der dämmerhaften Näh.

Kein Laut, nur das beseligende Pochen deines Herzens am geneigten Ohr, die Wärme deiner Fibern und das Lächeln der Entschlafenen auf dem vom Kerzenschimmer angehauchten Antlitz.

Ruh. Und ruhen im Elysium des Beieinander-Seins, vergessend und entzückt.

23. 11. 1997

Im Glück der Stunde trag Ich dir den Himmel an;
Unendlichkeit im Blauen, Sternenklingen, eine Liebes-
sinfonie. Das Wehn der Seligkeit streift dein Gefieder, süsser
Engel, und bezaubert dein empfindendes Gehör.
Wir stehn in Träumen, lauschend der beseligenden
Näh, die uns am Tag und durch die Nacht verbindet, im
umströmenden Gedenken und im Herzgefühl.

29. 11. 1997

Als das Ewige leb Ich in dir, du Liebenswürdige, und
öffne Mir in dir die Siegel, dass du Verständnis fassest
für das Sein, in dem du dich bewegst und bist von Zeit zu
Zeiten, Ewigkeit zu Ewigkeiten.
Lass es dir gut sein in der wonnevollen Schwebe, in
die Ich dich geführt, und lass dich immer weiter führen
dorthin, wo die Berge der Vernunft und des Behauptens
sich verlieren, und wo der Seelenraum sich dir erschliesst. Erwäge in subtilem Räsonieren dein Geschick
und weihe es voll Eifer dem Bewusstsein, dass du,
Meiner Wege würdig, sie beschreitest offenbar, und ohne
Rast und Ruh dich Meinem Glanze nahst in
wunderbarem Streben.

29. 11. 1997

Spielball der Götter, Knacknuss der Schöpferwesen,
Welt, wie bist du fern von dem, was dir gebührt in deinem
Denken. Wie kindlich noch und kindisch sind die
Potentaten deiner Oberflächlichkeit, wie ignorant,
verschlafen und zersplittert deine krabbelnden Figuren.
Wieviele Runden hast du noch zu drehn, bis sich die
Völker auf ihr Menschheit-Sein besinnen, von wieviel
Trugschluss musst du dich befrein, bis du in wahrhaft

28

göttlichem Elan, dein wahres Wesen offenbarend, Freude bist in überwältigendem Strahlen.

29. 11. 1997

Makellos und zierlich liegt die Bräutliche in ihrem schillernden Gemach und dreht sich nach dem Kommenden in Lust und leis geflehtem Klagen. Ihre Seele rötet sich bei jedem Anklang eines wandernden Gedankens, ihr Sein verliert sich in der einen, festgewordenen Idee der Lieblichkeit in einer Stunde des herzinnigen Verwöhnens.

Alle Weisheit weist zu dieser Wunderstätte hin, alles Sehnen prägt dies Bild ins wachsene Gemüt, vom lauschenden Verweilen in Glückseligkeit und Ruh.

4. 12. 1997

Die Stille stillt den Hunger nach Erlösung. Die Seele weitet sich ins Unermessliche und weiss sich wohlgeborgen in der Flut des Seins, in die sie sich ergeben.

Freu dich im stillen Kämmerlein, ob soviel makelloser Weisse, ob dem Filigran der Bäume, der limpiden Reinheit des Azurs.

Wir sind und dürfen uns die Liebe der Erwählten sagen, sind, und singen in den Abenddämmer unser Lied.

Ich legs zu deinen Füssen nieder, und zur Schönheit deines Angesichts im kerzenschimmernden Profil.

5. 12. 1997

Fürchte dich nicht, denn *Ich Bin* bei dir alle Tage.

Ich schaff in dir Mein zauberhaftestes Gebilde. Mein Sinnen geht dahin, dich in Vollendung Meiner selbst zu sehn.

Erkenn, dass Ich in dir im reinsten Lichte *Bin*, als Träger deines Lebens und als Hüter deines Wegs zu Mir in Andacht und Glückseligkeit. Vertraue, baue jeden

keimenden Gedanken auf Mein Hiersein und beseele
deine Welt mit dem, was Ich dir unverwandt verströme.
Sei rein und fülle jeden Augenblick mit heiligem
Verlangen.

8. 12. 1997

Nur das Bewusstsein, dass wir jetzt im Innersten
vollkommen sind, kann uns wahrhaft glücklich machen.
Nur mit dieser Erkenntnis können wir wirklich leben.
Auch du bist die Vollkommenheit an sich und lernst
sie mählich kennen, indem du deine Illusionen wie
Hüllen ablegst, um darauf als reines, göttliches Wesen
vor dir selber dazustehn.
Gott und Mensch zugleich sind wir in jedem
Momente unseres Daseins. Was brauchen wir da zu
fürchten? Sei gesegnet, schreitender Engel, und sei ewig
frei.

11. 12. 1997

Der Vollmond summt sein Lied und schlendert sachte
durch die Wölkchen.
Karg ist der Himmel sonst, weil vor dem Licht des
glühenden Trabanten Stern um Stern erlosch.
Das soll für heut genügen.

13. 12. 1997

Wars doch eine Geschichte nicht von hier, jenseits von
Gut und Böse, eine Geschichte des sachten Entgleitens in
die Faszination des reinen Gefühls. Was sich der
Verstand zu denken nicht erlaubte, gestattete der leise
Sinnenrausch, und alles war goldrichtig und so schön.
Wie Kinder durch den Märchenwald sich führen, wie
längst Verlorene sich unvermittelt wiederfinden auf
derselben Spur.

Ein Hauch von Grösse schwebt ums rieselnde Empfinden und verklärt das Dasein in der langgedehnten Ruh.

14. 12. 1997

Die Weihe der Erwählten, das Summen des Empfindens in der Zeitennot, die Grazie, in der die Leiber sich umwinden: Eine Saga, sagenhaft im Funkensprühn.

Ein Märchenhimmel bunt bespickt mit Sternen, ohne Einwand, ohne falsche Zier. Wer dem sich öffnet, öffnet sich dem Leben, wer dem sich unterzieht, vereinigt der Urmutter sich in ihrem kräftevollen Schoss.

Wie Zweiglein sich umranken, wie Bäume sich umstehn, ein Wunder des Verfliessens aller Gegensätze ins Gefühl der Einheit ohne Ziel.

17. 12. 1997

Mit einem Lächeln schau Ich, was ihr seid in euern Schauern, was *Ich Bin* in Meinem Seinsgefühl. Denn im Gespiel der Wellen des Empfindens lass Ich Meine besten Kräfte spielen, lass sich das Leben selber neu erfinden in Variationen *Meiner* Lust und *Meines* Mich-Vergebens.

So find Ich, was Ich suche: Meines Schöpferdrangs Genügen, find Wonne, wo Ich Wonne will, und in der Wehmut heisse Tränen. Doch Schönheit ist es immerzu, die Ich gewähre in der reinsten Tiefe Meines Götterstils.

19.12.97

Ätherisch das Wort aus blauem Himmel, tonlos aufgeschrieben, tönt es fort in deines Herzens wider-hallendem Geheimnis.

Gross und unfassbar das Neu-Erstandene vor deiner Seele. Jubelnd und entzückt und einsam darf sie, was ihr so geschieht, erfahren: Dass es eine Güte gibt des Seins, die sich von innen her verbreitet, und Besitz ergreift vom ganzen, hingegebnen Wesen. Dass das Vollkommene in uns sich selbst erlebt und dem Bewusstsein sich bekundet. Dass die Sehnsucht ihre Runden dreht, um uns im Nah-Sein Überwältigendes zu vergeben.

Wie nun der Mund, als wär er alles, was wir sind, die Süsse kosten möchte des erschütternden Berührens, so möchte sich der Leib, der Schoss vollkommen an den andern schmiegen. Der Atem stockt, derweil das Denken sich verirrt in diesen Garten. Lächelns Trost und leis erwidertes Begreifen tragen uns dahin, wo friedevolle Freude sich verbreitet.

Morgen schon ist alles wie zum Märchenbild verweht. Neue Bilder drängeln vor den Toren des Bewusstseins und verlangen Einlass: O, dass wir auch diese noch bestehn!

In grossen Runden ziehn die fernen Sonnensterne unverwandt an uns vorüber und beschenken, was wir sind, mit neuen Kräften, neuer Harmonie.

Wir sind mit ihnen eins im überwältigenden Werden und Vergehn, sind ihrer Gaben Zeugen und verwandeln uns ob ihrem Strahlen.

Allherrlichkeit umflutet uns in höchsten Graden, die Erde ist der Schauplatz heller Göttertat und wir darin die Erben. Helden, Streiter und Beglaubigte der Himmelsgnaden sind wir hier und dürfen uns im All aufs Traulichste geborgen sehn.

Ich segne dich, mein Kind, und bin dir nah in Herzensgüte und Geduld und voller Sehnsuchtstränen.

21. 12. 1997

Bist du in Mir, *Bin Ich* in dir ein strahlendes Erscheinen. Ein Weltenauferstehungsfeuer flackernd hell und schön.

Wie grüss Ich dich in Mir, du überschauendes Gewissen, wie heiss Ich sonderlicher Treu dich Mein Gefährte in der Einigkeit des Waltens. Sein vom Sein und

Sein im Seienden *Bin Ich* in zärtlichem Vertrauen, *Bin* deiner Wesenheit Gewähr im Seinsgewahren.

Voll Liebe ström Ich, was Ich Bin, in dein Verlangen, voll Anmut trag Ich Mein Erblühn dir zu in himmel-jauchzendem Begehren.

Hellwachen Sinnens tausch Ich Meine Vision mit dir und eile, sie von deiner Einfalt wieder einzutauschen.

22.12.1997

Glückseligkeit umbrandet Mich vom Atem reiner Schöne, und, begreifend, weih Ich Mich, im Tanz, der Universen-majestät. Sie ist ein abergründiges Verspielen, eine Wanderung ins Nichts der Dinge und ein unermessliches Verfluten deiner, Meiner Kräfte in das Glitzerwerk der Lebenssinfonie. Nur, dass sie sich in dir erkennt in würdigem Erschauern ob der Märchenpracht in deines Tuns Bravour, und sich verspielt an dein Besinnen in der Vielgestaltigkeit der einen Signatur.

Ihr hab Ich Meine Gotteswissenschaft zu danken, Ihr Mein Allverstehn im Zauber des Erkennens.

Hoch und Niedrig sind die Zeichen Ihres strahlenden Vorüberflutens, Innigkeit im Seelenspiegel Ihres Wirkens, wonnespendendes Verwehn.

Das trag Ich hier ins sprudelnde Verkünden und ertrag das wundertätige Entzücken in der Lichtheit des Elysiums.

22. 12. 1997

Gottes Schwinge, Gottes Schwung ist alles, was Ich in den Zeichen seh. Geist der Labung, Geist des Glücks in allen Runden. Überschwang des seligen Gefühls der Allgeborgenheit im Reinen. Meine Dinge weiten sich im Strom der Güte, der die grossen Zeiten mit sich in die Ferne trägt; Mein Befinden ist der Lauterkeit anheimgegeben und erklärt sich vor sich selbst in wachem Überschauen. Freudentänze schwingen sich durch Mein Gemüt im Klingen wahrer Wohlfahrt, der Ich fasziniert den Sinn entlausche. Licht und Widerlicht erhellt Mein Sein in wundervollen Sphären in der Macht des Deutens, und die grossen Sänge der Gerechten wogen, Feuern der Begeist'rung gleich, vor Meinem Sinnen her und hin.

Vollendung in der Zärtlichkeit des Allerbauens ist allüberall zu sehn, und die Erhabenheit der Geister streift die Dinge liebevoll im Überwehn.

Holdseligkeit darf hier die Seele kosten im Geschmack der guten Gaben, die sich lockend ihr entbieten, denn im Wohllaut der berückenden Gefilde sammelt sich ihr Wohl.

Die Schönheit offenbart sich und enthüllt ihr reines Antlitz in der Anmut ihrer Glieder, dass die Augen sich im Unvergleichlichen verlieren.

Linde Lüfte, satt von Düften der Allherrlichkeit, durchreisen sanft den Äther Meines Auferstehns und gleiten liebevoll dahin in ihrem Dauern.

Sinn und Sein vermählen sich in zart gefiedertem Verlangen und feiern in Behutsamkeit und Pracht ihr Bündnis im herzinnigen Verschmelzen. Alle Dinge sind im Lot und sprudeln ihre Kraft in Himmelshöhn, derweil die Sinne am Geflüster ihres Bebens sich ergötzen.

Weisheit und Gerechtigkeit des Wägens thronen wohlgemut auf ihren Sitzen und verbreiten, was sie sind, im liebelichten Strahl.

Das ist des Schauns erquickende Gebärde reiner Tugend in des Tages reif gewordenem Befehl.

24. 12. 1997

Dreieiniges Symbol in dir, in Mir, im weiten Raum, von Kraft erfüllt und Harmonie im Sphärenrauschen.

Windsbraut, wirf dich Mir ans Herz und weite deinen Sinn ins Unermessliche, das Ich vor dir bezeuge. Von

Meiner Kühnheit mach dich kühn im Überwinden deiner Grenzen; im Äther der Unsterblichen erkenn dich wieder und verlass dich auf dein grossgeword'nes Schauen.

Dafür will Ich von deiner Trautheit Mich umspinnen lassen; will in deine Gründe tauchen übersprudelnden Gefühls und deiner Sanftmut Mich zur Seite legen.

Andacht keimt im Kleinen wie im Grossen, dem wir eingebettet sind, vor so viel Weisheit, Duldsamkeit und soviel Schritten durch Äonen bis ins Ziel.

Die Götter sind uns dankbar, wenn wir uns Elan verpassen und voll Verve das Werk vollbringen, das uns innewohnt, in unverwandtem Streben.

Bist du Meine Schülerin, so Bin Ich gern dein Herr, denn in den Augen des Gesalbten sind die Werke der Getreuen schön wie Blumen rings am Weltenpfad.

Die Röslein der Barmherzigkeit sind ihre Gabe an Mein Herz, das Lächeln in den Tag: der Wohllaut, den sie still verbreiten, Meiner Freudensehnsucht zu.

Nun komm und beug dich mit Mir leis zur Krippe nieder und beschau die Anmut, die so lieblich ein so grosses Werk beginnt, uns von der Weltsucht zu erlösen. Wende deinen Blick zum Himmel und vereine dich den Chören der Gefiederten, die hoch im Jubel uns umwehn und in der Rosenseligkeit des Singens.

Schreitende sind wir und dürfen in der Tat das Cape der Göttlichkeit empfangen, hier in diesem allerhabenen Geschehn.

24. 12. 1997

Lassen wir die Menschwerdung, wie sie uns Rudolf Steiner darbietet, auf uns wirken, durch Jahre und Jahrzehnte, dann mag sie uns verwandeln. Staunen über Staunen öffnet uns das Herz, und wir beginnen zu begreifen, was für ein Grosses unser Sein umschliesst und liebevoll durchflutet. Wir erschauern vor der Dauer, die uns hieher gebracht, und sinken ehrfurchtsvoll vor der Unendlichkeit der Himmelsweisheit nieder. Was vermögen wir vor solchem grandiosen Seins-Geschehn; wie kindlich sind die Schrittchen, die wir selber im Erkennen tun. Das hingegen trifft uns alle wie ein Weltenbeben.

Sinne dich hinein in dieses Wunder schöpferischer Pracht. Lausche deinem Herzen, wie es kaum zu schlagen wagt vor dem Erhabenen, das vor ihm steht, und liebe, liebe diese Engel, diese strömenden Gewalten, diese grossen Schenkenden, die ihrer eignen Würde sich entblössen, um uns gut und besser noch zu dienen.

Ja, das Göttliche in uns ist wahr, und wahrlich im Bewusstsein dürfen wir es tragen.

Neig dein Haupt und heb es zu den Sternen wieder in der Seligkeit der Allgemeinschaft, der wir jetzt und immer angehören.

26. 12. 1997

In der Heiligkeit der Nacht *Bin Ich* dir nah, und wirke in dir seliges Genügen. In Engelleichte will Ich dich umschweben, dir Meines Daseins Wonne zu gewähren. Das Licht Bin Ich, das dich umflutet, wenn du lauschest in die stille Gegenwart hinein; die Treue Bin Ich, die sich deiner Seele offenbart in wundervollen Zügen.

So fein, so leise wie des Mondes Silberstrahl bedeck Ich dich mit Meiner Güte, und verseh dich mit Barmherzigkeit aus Meinem Reichtum, dir zum Trost und deinem Sein zum seligen Genügen.

3

Im Glanz der Sonne

Im Glanz der Sonne tret Ich vor dich hin, dein Herz zu laben. Von Meinem Sein durchflutet, und begabt mit Meinem süssen Lichte, reihst du dich in die Gemeinschaft der Glückseligen, die *Meine* Fülle in sich tragen.

Dem Strom der reinen Liebe hingegeben, der von Mir ausgeht, weilst du im holdseligen Lächeln deiner Zeit und badest dich im Hiersein Meiner Anmut.

Trinke, trinke, was Ich dir vergeb, und weih dich Meinem Willen in der Weisheit deines, Meines Seins und im berückenden Erleben.

27. 12. 1997

Jede Art von Stille denkt *Dich*: Also grünt das Schreiben.

Im Ringelreigen leg ich Früchte des Beschauns um deine Gegenwart in meinem Sinnen. Tränen machen uns die Augen rein und schön.

Ruhig wird das Herz im Worterscheinen. Liebevoll vermählt es sich der Zeit, die ihm die Stunde süss macht, des Gedenkens.

In den Strom der wogenden Gefühle giesst sie Balsam und befriedet ihren Hang zur Sehnsucht, dass sie heiter werden und begabt mit leisem Lächeln in der Tat.

So fasst Leben in sich selber sich zusammen und vergibt sich ans beglückte Lauschen.

27. 12. 1997

Nenn Mich den Vater auf dem Thron, nenn Mich die Liebe, die Gerechtigkeit, die Schönheit: Was immer du erwähnst ist wahr, denn, was auch existiert, trägt *Meiner* Züge lupenreines Unterscheiden.

Ein Wesen streicht dir übers Haar: Es ist von Mir getan; dein Herzblut weint voll Sehnsucht: Es ist Meins im innigsten Empfinden. Immer Bin Ich deines Seins Gespan in jeder Faser deines Welterscheinens.

Trachtest du nach Liebe? Sieh, Ich schenk sie dir; nach Güte? Lass dich von der Meinen ganz verwöhnen. Spür die Traulichkeit, mit der Ich dich umfliesse, den Mantel der Holdseligkeit, den Ich behutsam um dich leg.

Ich wirke deine Schönheit aus dem Seelensein, vertraue dir ein Kindchen an, dass du es selbstvergessen hegest. So hegt Mein Engel dich, geheimnisvoll in Meinen Gründen, so hüt Ich deine Bahn durch Räume Meiner Unverletzlichkeit, durch Zeiten Meiner Hochgeduld in Meinem Dich-Verwandeln. Atme Meine Gunst an jedem Tag der Fülle Meines Unterweisens, in jeder Traumnacht deines Ruhns.

Das hab Ich Mir vermacht in dir, und lass es nimmer fahren; das ist Mein Fiebern allezeit und Meine Freundlichkeit in deinem, Meinem Leben.

Schau es wirklich an, und *sei*, was Ich dir Bin, in wundertätigem Befrieden.

27.12.1997

Niemand weiss, in welche Tiefen sich das Menschenherz vergräbt, wenn es sich selber sucht, und welche Höhen ihm beschieden, wenn seine Fühler sich zum Andern wenden, zum Du der Welt, das ihm in Lieblichkeit begegnet, und Vertrauen.

Zartheit sendet es und schwimmt in Zartheit wieder, Ergriffenheit - und greift sich selbst ins innigste Empfinden.

So lass uns denn im Hochgesang von Lieb und Treu verweilen, in dem wir leis erbebend stehn, und in des Lächelns wissender Gebärde lass uns frohgemut das Kommende erwarten. Denn unsrer Wege sind gar viel.

27.12.1997

Liturgie des Seins am Ort der Stille. Wachheit, Überwachheit im geschärften Sinn. Unendliches Befrieden, raumerfüllendes Gefühl der Freie, makellose Sicht auf die Gesetze der Allherrlichkeit im Staunen.

Zärtlichkeit des Sich-Vergebens an die Wesenswelt der Himmlischen; Seinsumfangen seelenweit in lächelnder Manier.

Morgentau in allen Fibern. Leuchtekraft im Strahlenbau des Absoluten.

Jedes Schöpfungsgran in Mir: Verheissung und verheissungsvolles Ziel.

28. 12. 1997

So öffnet sich dein Sinn dem Wahren, das von Mir dich leis umflutet, dem Wunderbaren, dessen Heilkraft dich beglückt und stärkt in unerschöpflich reichem Dich-Begaben.

Du bist in Mir in Sanftmut aufgehoben; Zartheit, Leichtigkeit der Sphären, ew'ge Heiterkeit sind deines Seins Gespan und lassen dich im Sinnbild durch die Frühlingslüfte schweben.

Jede Wonne, jedes Lispeln der Holdseligkeit wird deinem Wesen leis von Mir zuteil, und deine Wege blühn von Meinem liebevollen Nähren.

28. 12. 1997

Zum Abschied will das Jahr sich aus der Fülle noch geniessen: Bewegtheit des Gemüts, wonnevoll empfundenes Berühren, hoch und nieder sich verbreitendes Gefühl der Lust, und eine Seligkeit des Seins, die ewig möchte sich vertiefen.

Ein Seufzer des Verzichts entringt sich Meinem Herzen, ob dem, was nicht mehr sein soll in der Neige,

ein Eratmen der Vernunft, die ihre Pläne vor uns
ungerührt verbreitet.

Ach, wie war das schön, was zu erleben uns die
Götter liebvoll an den Weg gelegt, und schön wird auch
das neue Jahr im Mass des Schönen, das wir zu
vollbringen uns im Zug des Lebens unterstehn.

29. 12. 97

Dein Streben findet unverhofft Mein Ziel, in dessen
Innigkeit die Sterne leuchten, dessen Wesen ist die lautre
Harmonie. Denn aus der Seelenstille des Gerechten
steigen die Gestalten genialen Schöpferwaltens, aus der
heiligen Dreieinigkeit die reich bewegten Formen
offenbaren Seins im Kreis der Variationen.

In Meinem lichten Schauen bilden sich die Dinge
leichten Fliessens zum vollendeten Gehaben und erlaben
sich an ihrer eignen Schöne. Unversehrtheit in der
Schwebe ist Mein Freudenruf.

30. 12. 1997

"Es ist wirklich alles gut mit *Mir*, in alle Ewigkeit": Sag
das zu dir, Mein Täubchen.

Im Morgenlichte der Erkenntnis überstrahlt dies
Wissen dein Bewusstsein, dass du *Bist* und ewig deine
Kreise ziehst im Götterbunde, dem du angehörst. Da
gibts kein Wanken; deine Kräfte sind so überragend, hell
und unerschöpflich, dass du als ein Herold deiner selbst
dein Licht verkündest und im ewigen *Ich Bin* dein wahres
Wesen offenbarst.

Die Fülle reiner Freude spricht aus dir, die Sicherheit
des Seins ist dein Triumph und schwebeleichte Heiterkeit
dein All-Ertragen.

Die Güte deiner Seinspräsenz enthüllt dir, was du
immer dir ersehntest. Das Lied der Freie, das du singst,

ist deiner Seele Brautgesang, mit dem du dich dem All vermählst im zärtlichsten Umfangen.

Du tauchst in deiner Mitte eignen Strudel, du badest dich in deiner brodelnden Potenz und ziehst wie ein Geschwader flinker Schwalben vor dir selber her, Unendlichkeit zu kosten.

Wie die Winde in des Himmels heiterer Glasur verschwebst du dich ins Blau des Äthers; wie mit dem Nachtigallenschrei entzündest du das Herz der Liebenden, dass sie sich süsser noch und weich von Zartheit in der Winternacht umfangen.

Du, Zelle im Gewand der Gottheit, du, erwachte Königin im Reich der strahlenden Bewusstheit, in der Zierde deiner Anmut, in der Gläubigkeit der Augensterne, die sich an dein Ebenbild vertun: Du *Bist* mit allem Sein geschwisterlich dein überragendes Idol, in dessen Fülle sich die Woge Lebenslust äonenlang zum Sieg erhebt in silberhellem Jauchzen.

1. 1. 1998

Lichtere Tage wollen erscheinen, freiere Zeiten dir offenstehn. Ihnen den Weg zu bereiten, wollen wir vorwärtsgehn.

Liebe und *sei*; mehr ist nicht zu sagen in diesem Aufwall der Gefühle; wisse, dass die Kräfte des Entfaltens dich beständig sicher führen durch Morast und Lebenswahn.

Wer schenkt uns Traulichkeit, wenn nicht des Himmels Güte, wer das ergreifende Gelingen, wenn nicht *Es*, dem wir in so verwandter Weise seelenselig unterstehn.

3. 1. 1998

So send Ich dir denn Ruh ins Wesen der Dreifaltigkeit, du Benedeite in des Hierseins waltendem Gewoge. Denn deine Seele sehnt sich nach Gelassenheit im Weilen, nach der Trautheit eines stillen Stübchens und der Seligkeit geschwisterlicher Näh.

Wie lieblich strömt vom Fensterlein das Licht ins dunkle Tann, wie fühl Ich deine Herzenswärme, die sich wie der Sonne Strahl allüberall verbreitet.

Ruhn der Sinne, Ruhn des Sehnens im Gebet des Friedens, das sich, Wohlsein wünschend, dem Unendlichen vermählt.

9. 1. 1998

Dann wird sich deine Ansicht vom Leben und Sterben geradezu ins Gegenteil verwandeln. Denn, nachdem du deinen Leib wie einen Daseinsmantel hinter dir gelassen hast, erkennst du, wie du quicklebendig weiterlebst und dass der Menschentod wahrhaftig ein Befreier ist von der Illusion, wir würden im Tod ins Nichts vergehn.

Dein wachendes Bewusstsein wird dir diese Wahrheit schon im Hiersein offenbaren, und du wirst darob Glückseligkeit erlangen.

10. 1. 1998

Ich erfülle deine Kammer, wie dein Herz, mit Engelsgesang, derweil du noch im Schlummer liegst und in den wunderlichsten Träumen.

Nichts soll dir fehlen, was dein Glück und deine Seligkeit vermehrt, und jede Regung deines ruhenden Gewissens soll von Zärtlichkeit und liebendem Begreifen zeugen.

Ja, *Ich Bin* dir in den Seelengründen nah, und du erfährst Mein Hiersein feiner als den Hauch des Winds im Sommergarten, lieblicher als deines Kindes Lächeln im versunknen Spielen, hingegebner als im Lauschen nächt'ger Zweisamkeit beim Kerzenscheinen.

Alles ist verwandelt, was du bist, in dieser Stille des Erkennens deiner innigsten Bezüge. Alles ist ein Fest der Fülle im Vollenden, eine Sinfonie der Herzlichkeit, die dich umflutet und mit Heiterkeit begabt in vollen Zügen.

Deines Wesens Kräfte recken sich zu wonnelichten Taten der Begeisterung; dein Atem ist erfüllt von Lebenslust und Frische; wie die Sterne blinken deine Augen in der Morgenharmonie.

So seh Ich dich in deinem Seinsbefinden, so trau Ich dir das Beste zu in deinem Lebensschreiten.

Sei getrost und mutig in der Anmut Meines liebenden Umfangens.

4. 1. 1998

Diese Bindung wird erlöst zur Schönheit in den Sphären, zum schwebeleichten Dich-im-Äthrischen-Ergehn in Liebesgründen, zum Strömen reinen Wohlbefindens, das dich jugendfrisch umspielt.

Hauch der Tugend, Lächeln der Genügsamkeit, Verehrung in der Herzlichkeit des Weilens, ewig leuchtendes Sich-in-die-Augen-Sehn.

Bewegtheit in der Ruh holdseligen Empfindens, Sein im Märchenhaften, aufgehoben in der Grazie des Augenblicks, wie in der Dauer des elysischen Erlebens.

Wonne in der Helle des Entzückens, raumweit in der Seelenharmonie des Seinsumfangens.

12. 1. 1998

Ein Dammbruch immer ist das Sich-in-Worte-Sagen, denn die Seele will stets ruhn im Wohllaut ihrer Harmonie. Ein Überwinden auch der Selbstgefälligkeit, wenn sich die Sätze formen wie von selbst aus höherem Empfinden.

So tret Ich denn in stiller Heiterkeit vor dein Gewissen und entzünde deines Schauens Strahl, indem

Ich Ungebundenheit verkünde, Sein im Lächeln der Genügsamkeit, und Streben aus der Fülle unerschöpflicher Gewalten.

Siehe: Das bist du, was *Ich* dir *Bin* in Sausen und in Brausen, wie im stillen Sehnen nach Behutsamkeit im Weilen.

18.1. 1998

Koste du den Reichtum dieser Tage, seeleninnig in des Abends makelloser Ruh.

Du siehst dich willig warten, bis der fein gewordne Atem dich erkennen lässt, dass du bist Sein vom Sein in Lauterkeit und Frieden. Eine Glückliche bist du in allen Fasern deines Wesens, wie in einem Zu-dir-selber-Auferstehn. Ja, so soll es denn geraten, was du so ersehnst, und soll dir liebevoll geschenkt sein in den Gärten des Bewusstseins, die du ahnungsvoll durchwanderst.

Voll Dankbarkeit wird sich dein Herz in diese Weite schmiegen.

19. 1. 1998

Bist du Zeuge deiner Wachheit, Jauchzende im Schoss der Sphären, deiner Tage glänzendes Juwel? Die Winde treiben dein Begeistern an, die Schlösser klirren dir Befreien zu, derweil du stehst im Strahlenglanz des neu erwachten Lebens.

Satt von Freude, schwer von Tatendrang enthüllst du vor dir selber deiner Fähigkeiten schillerndes Gepränge; freiern Atems sinnst du allem, was dir frommt, entgegen, und verneigst dich vor der Güte des Geschicks, die dich zu solcher Qualität erhoben. Lass dich von der Wonne reinen Seins aufs innigste durchströmen.

Ich will und will mit diesen Händen, dieser Sehnsucht, diesem Freudgefühl und dieser Wallung des Gemüts das Bildnis deiner Schönheit loben, o, in diese Tiefen tauchen der Ergebung deines Wesens, deines Nahseins Unerschöpflichkeit erfahren.

Sonnen Mich in den Gefühlen deines Dich-Verstrahlens. Du Zauber des Geborgenseins in der Vollendung zweier Einsamkeiten, Märchenlied im Strömen reiner Lust durch alle Fibern.

O, wie sind die Stunden schön des Sich-Erlebens. Wie ergreifend, wenn im leisen Rausch der Sinnlichkeit die Sinne uns vergehn und sich die willgeformten Leiber aneinanderschmiegen.

Linde Weichheit in der Lippen Offenbarung, im Zerschmelzen jeden Widerstands vor dem erlösenden, das Herz durchflutenden Empfinden.

Ein Weh im Abschied, von der Freude überstrahlt, und eine Seligkeit der Sterne, die sich wunderbar in uns verbreitet, sanft und sieghaft in der Traulichkeit der sehnenden Natur.

24. 1. 1998

Ich halte deines Wesens Wohlgehalt in *Meiner* Schwebe, so fern, und dennoch, augenblicks, zum Flüstern nah.

Aus reinem Quell Unendliches zu spenden, ist Meines Herzens friedevolles Ziel.

Indem Ich dich mit Zärtlichkeit umfange, wird der Himmel deiner Träume zum Azur, in dem die Sternendiamanten sich verlieren.

Ja, dort verlieren wir uns auch, und finden uns in der All-Einheit wieder.

25. 1. 1998

Leichtigkeit des Sich-Erlebens; Wonne des Gelöstseins in der Trautheit herzbewegendem Gefühl. Holdseligkeit des Weilens; Auserlesenheit des Beieinander-Ruhns. Ein Blick ins Seelenstübchen findet Wärme und ergreifendes Bewegen. Sehnsuchtsflammen, güldene, vermischen sich mit dem Bewusstsein liebender Begeisterung, in der die Sinne sich verschweben.

30. 1. 1998

Gazelle du, lebendiges Gebild aus Anmut und Verschmitztheit, lächelnde Sirene, warm, geschmeidig, trunken von der Lust des Sich-Verzärtelns, herzbewegend, wonnevoll und wahr.

Evangelium des Lebens, unbewusst, gepredigt und probiert, und für so süss befunden. Was für den Himmel braucht es mehr, als diese zauberhaften Gaben, was überfährt mit grössrer Heiterkeit die Seele, als dies reizende Verspielen. Nur, dass der Durst nach mehr sie stets begleitet.

Wache und vermeng dies alles mit dem Herzgebet um Kraft zur Schönheit, und zum Equilibrium des fürstlichen - Entsagens.

31. 1. 1998

Eile mit Weile. Wenig hat uns hier das Sinnen noch zu sagen. Alles ist ergreifendes Gefühl, ein leises Weh und Amen, ein Erblühn und Atmen in der Freundlichkeit des Augenblicks, im Sternenreigen.

Götter sind sich lieb im Erdenwallen, Engel lächeln sich behutsam an und proben das Erheben.

Im Angesicht der Ewigkeit ist alles gut, was sich ereignet, was wir im Ereignen sind, wenn wir nur liebend uns verschenken.

Kümmernisse sind kein Ziel. Geborgen in der Allnacht, führen wir uns ins Erwecken und gewahren unsres Geisteslichtes Wahrheit und Begnaden.

1. 2. 1998

Bewegst du dich
send Ich
Begreifen

des Wunderbaren
das
Ich Bin

in deine
inhaltsschweren
Tiefen

So wird sich dann das Spatzennestchen, in dem du hausest, zum Adlerhorst verwandeln.
Dies sei deines Schauens meisterliches Ziel.

7. 2. 1998

Gedankenschnell gewähr Ich dir den Zauber des Erhebens und entführe dich zum Licht, in dem Ich throne. Du verströmst dich ganz in Meines Wesens strahlende Unendlichkeit und spürst unendliches Beglücken. Denn wo *Ich Bin* ist seliges Genügen, Einheit allen Seins und Zärtlichkeit des Weilens. Voll Entzücken lauschest du dem Sang der ewigen Beschaulichkeit, in der Ich wese; du gewährst dir selbst die Freude deines Herzens, indem du dich an *Meine* Freude schmiegst und in vollendeter Manier dein Sein geniessest im Allherrlichen der Sphären.

9. 2. 1998

Ich trage Mich im All-Ertragen durch die Ewigkeit des
Seins im Unergründlichen und wirke, Meines Wesens
Kraft gemäss, das Welterscheinen. Wachsend und gedeihend senk Ich Mich in Meiner
Sendung unaufhörliches Vermehren, hegend, was Ich
Mir in Traulichkeit und Güte Bin, voll Muttersorglich-
keit.
Die Weisheit Meiner Weise hab Ich in Mir hoch-
gezogen und erhalte sie im Blühn in unerschöpflichem
Gedulden.

10. 2. 1998

Wie fass Ich dich in Mein Erbarmen? Wie bring Ich dich
hinüber mit dem Kahn ins überird'sche Glänzen? Wir
sind einander so vertraut, dass wir uns wie mit tausend
Fäden fassen - und doch wieder nicht, denn eine Herzens-
wunde reissen sie uns auf.
Da will Ich dich mit Schönheit ganz umhüllen und
dich führen in Mein Zelt des Seins im Wunderbaren.
Keine Nöte sollen uns umstehn, nur lachende Fontänen,
und der Beglückung Sonnkraft soll uns immerfort
durchwehn.

10. 2. 1998

Bin Ich dir nah, so ists ein einzig Lichtumfangen. Füll Ich
voll Zärtlichkeit den Raum, in dem du wesest, ists ein
unermessliches Beglücken.
Leichtigkeit und Frieden sind Gefährten deines
Herzenswohls, und deine Züge glätten sich zum Lächeln
der Holdseligkeit in wundervollen Tagen. *Meiner* Liebe
Traulichkeit erfüllt dich wie der Rosenschimmer in der
Morgenfrüh und verströmt sich liebvoll in dein
hingegebnes Schweigen.

4

Licht des Allerscheinens

Wagemut der Formung, Seinskraftwirklichkeit in jeder Geste des Gestaltens.

E du, was bewegt dich so? Ich erlahme nie, dir Meine Zärtlichkeit zu klagen, dich zu umbetten mit des Schauens Lieblichkeit, dein Wesens Zartheit ins Entzücken zu erlösen.

Nun weih Ich dich dem Sonnenstrahlenglänzen. Lass, was du bist, in Anmut in die Glorie der Glut versinken, in der sich alles Menschliche zum Jubel der Glückseligkeit erhebt.

13. 2. 1998

Macht sich die Sonne aus dem Staub, so will uns doch das Möndlein mit erhabnem Glanz versehn, darob die Seele lind wird im betrachtenden Verstehn.

In die Schule gehen wir bei der Natur und lernen Milde und Besonnenheit, Geduld und wirkende Grandezza.

Voll Vertrauen flüchten wir vor dem, was uns bedrängt, in ihr Gehaben und finden uns im Reichtum reiner Selbst-Verständlichkeit im Wesen blühenden Entfaltens wieder. Das heisst: Finden, was wir suchen, heisst: Erhabenheit gewinnen in der Lebenselegie.

14. 2. 1998

Dreieinigkeit im Sein und Werden, Makellosigkeit in jeder Geste des gestaltenden Elans. Ausdruck *Meiner* Züge, Fabelhaftigkeit im Offenbaren, Klang von heiterem Besinnen im Azur.

Die Weise reiner Weisheit spricht dich liebvoll an und nährt dein Seelensein mit Wonne des Begreifens. Ohne Zögern folgst du dem Verklingen Meiner Melodie und vergibst dich lächelnd an die letzten Wellen, die sich in die Zärtlichkeit entbinden. Sein in ewigem Umwinden ist Mein Ziel.

14. 2. 1998

Wir bewohnen unseren Leib. Christus bewohnt die Erde. So wohnt Er auch in dir und Mir. Darum darfst du in der Stille mit Ihm Zwiesprach halten. Er ist das Wesen des vollendeten Erkennens. Reine Liebe ist sein Dich-Durchströmen. Heil und heilend führt Er dich den Zauberberg hinan, geleitend dich zur ewigen Heiterkeit des Da-Seins, zum bewussten Dienen, zur Erfüllung deiner Lebenssinfonie. Vertraute sei des Herzens Seiner Gegenwärtigkeit in gläubigem Verehren. Segnend füllt Er dich aus Seiner Fülle mit dem Licht des Allerscheinens.

15. 2. 1998

Unendliche Variation der Gefühle im unendlichen Spiel. Verhaltnes Klingen vollendeter Übereinkunft im Gewollten. Blühendes Erleben in der blütenreinen Sonne vor den Augen einer unsichtbaren Majestät - in uns.

Im Necken und Decken und Strecken verliert sich die Zeit des frühlingswarmen Daseins, eingeprägt ins Seelenwesen, weder zu viel noch zu wenig in des Werdens feingefühlter Harmonie.

15. 2 1998

Was du *Bist* erkennend, kenn Ich vor dir nichts als Ehrfurcht, Freudigkeit und liebevolles Lauschen. Alle Herzensdinge sind so gross, indem wir sie zur Grösse stilisieren.

Eine Ruhe sondergleichen läutert Mich nach freudigem Erregtsein, der ich Mich in sanfter Liebe liebevoll ergebe.

1. 3. 1998

Im Spiegel der Unendlichkeit, unendlich reines Sehnen.
Ein Flammenhauch allein, zu zweit, dem Herzen zu
entnehmen.
   Und wallt er auf und her und hin: Die Schönheit ists
im Strömen und mitten in die Welt gestellt, unendliches
Versöhnen.

5. 3. 1998

Wie so und so sind doch die Tage in der Festlichkeit des
Seinserwartens.
   Plötzlich du. Und eine Ewigkeit von Zeit im Noch-
nicht-Sein des Zarten.
   Eine Welle heissen Sehnens bricht mit Urgewalt
hervor und überflutet eine Landschaft der Glückseligkeit
im Leben.
   Wie so innig ist das wahr, und doch ein Mythos reiner
Überschwänglichkeit, in dem wir wie verzaubert uns
bewegen.

7. 3. 1998

Zu viel und viel zu wenig im Rätsel des Enthemmens des
naturgewaltigen Gefühls. Die Not der Unruh will und
will sich an der Inbrunst wärmen; die durstige Seele
schmachtet nach Vereinen und entzückt sich und vergibt
sich und ist vollends an sich selbst verloren.
   Wer weiht sie nun dem Sein, wenn nicht sie selbst, in
tastendem Erwählen? Wer führt sie sachte in die Ruh des
Schauens der erlebten Lebensdinge in der Freude des
Erinnerns?
   In der Seele ruht ein Stern; der badet sich in einer See
von Güt' und Liebe, dem Himmel untertan in demuts-
vollen Zähren.

Im Glück der Stunde will Ich dich beglücken mit der
Ahnung Meines Seinsgefühls. Aller Seelennot enthoben,
web Ich Vergissmeinnicht und Arnika zum Kränzchen
und leg es auf dein Köpfchens weich gelocktes Haar, dich
lieb zu grüssen. Wie traut, wie lieblich zeigt sich Mir dein
strahlendes Gesichtchen; voll Anmut lächelst du dich in
Mein Herz, den Glanz der Stunde zu versüssen.

Im Zug der Grazie, mit der das Schicksal uns vereint,
bedenk Ich deines Seins Versonnenheit und leg dir
Selbstbewusstheit und Begeisterung ins zärtliche Gemüt
im Liebessehnen.

8. 3. 1998

Es schnurrt ein Kätzchen mir im Arm
mit innigem Vergnügen
und schnurrt und schnurrt und schnurrt sich warm
der Sehnsucht zu genügen

nach traulicher Behutsamkeit
im stillen Köpfchenlegen
und liebevoller Dienstbarkeit
im zärtlichen Bewegen

Es schnurrt das Kind allwie der Wind
in Wipfeln hoch erhoben
will seine Glut will alles Blut
in Seligkeit vertoben

14. 3. 1998

Herzenswonne, Sehnsucht, dich umströmendes Gefühl
der sanften Zärtlichkeit in wundervollen Zügen.

Alabasterreine vor dem drängenden Verglühn. Noch und noch ins Lippenpaar gesetzte Süsse des Verschmelzens.

Wie sollen Träume noch bestehn vor so gewiss erfahrner Seligkeit im Aneinander-sich-Verlieren.

Lausch dem Sang des Blutes wie der Sinfonie des Lebens, die uns alles Glück des Daseins, sich verschenkend, hingibt in bezaubernder Manier.

14. 3. 1998

Alchemie des zärtlichen Verschmelzens. Strebsames Hochgefühl der Glieder, sich im Berühren, sanft und glutvoll, Wonne zu bereiten.

Handgreiflich und so süss ist die Versponnenheit der summenden Gefühle, Schoss an Schoss und Mund zu Mund in wunderbarem Beben.

Aus der Kraft der Seelen fliesst die Güte und die Lust am Sich-Umschlingen, fliesst der Zauber in der Andacht liebevollen Bleibens.

Das ist wahr in uns und so entzückend und belebend, dass wir wie in neu erwachten Welten stehn.

15. 3. 1998

So warm, so sanft, so selig, so voll Trautheit, deinem Herzen zu. Ein Wehn von Wirklichkeit und Lebenspoesie in rosaroter Glut.

Wie klingt, wie singt, wie bebt, wie übersteht die Seele diese Seligkeit des Sich-Begegnens.

Heimat und Behutsamkeit im leise, leisen Sich-Berühren. Wunderfeines Das-Gefühl-Bewegen in der liebelichten Nacht unsäglichen Befriedens.

Zartheit voller Süsse in bezaubernd vielen Gängen; ein pastellgesprenkeltes Geniessen.

Immer deiner Lippen weiches Um-die-meinen-Fliessen in der Stunde namenlosen Wohls.

19. 3. 1998

In unsagbarer Feinheit wollen Menschen sich begegnen liebevoller Wahl. Ein Hauch von zärtlichem Berühren ist ihr Traum und reine Seelenstille in der Andacht des Beisammenseins ihr köstlichstes Vergnügen.

Was sie sich sind, ist so gelöst und voll Vergeben, dass sie zur Einheit sich verschmelzen im Umfangen auserlesner Wachheit, die Glückseligkeit bedeutet.

Sich verströmen in der Augensterne Glänzen, in des Lächelns Zauberkraft, der Lippen Süsse und der Schösse lispelnder Erregtheit, ist ihr Ziel und lässt sie ihrer Sehnsucht sich in Traulichkeit entwinden.

Dies zu hoffen und zu wissen lässt die Seele, leise bebend, in Gelöstheit ruhn.

20. 3. 1998

Mein Liebeslied, mein Sommersprossenleiterchen, wie schön ists, wenn du jubelst, weil das Grosse dir gelang; wie schwelgst du in den Wogen der Begeisterung, weil alles zierlich ist und zärtlich und erspriesslich und voll Edelmut in diesem Leben.

O, wie liebe ich die Stunden, wo alles fliesst und glänzt und sich die Seele in der reichgeschmückten See von Schönheit badet, die sie um sich ausgebreitet sieht.

Verweilen wie im Traum in wunderbarem Seinserröten, dich umfangen in der Heiterkeit der liebevollen Wahl.

21. 3. 1998

Prinzip der Hoffnung, dem Leben angeschmiegt in liebelichtem Spiel.

Es taut ein Morgen neuen Heils in wunderbarem Beben. Es öffnen sich die Poren des Gefühls und lassen Wärme, Zartheit und Entzücken in sich strömen.

Ein Fest des Freudeseins hebt an im Jubel des Empfindens und verströmt sich an die Ufer der Gemeinsamkeit im leise, leis vollendeten Beruhn.

Verschmelzen und verträumen und vergehn in himmelszarter Bläue ganz bedenkenlos - und Seligkeit verströmen aus des Herzens rein gewordnem Gral.

22. 3. 1998

Von Bewegtheit komm Ich dann zur Ruh, von Zerstreutheit zum Empfinden einer grossen, brüderlichen Liebe im Umfangen aller Dinge und Gegebenheiten, im Berühren dessen, was die Menschen sind und waren, und im Heil-Verströmen ins Unendliche der Seins-Natur.

Getrieben eben noch und nun der Treibende von neuen Blüten, tret Ich ins Abseits des Weltenstroms und wirke, was Ich wirken will in Herzensandacht und Behagen.

Betrachtend steh Ich Meinem eignen Wesen gegenüber und befruchte es mit liebevollen Gaben.

So findet es des Friedens sänftigliche Züge, so darf es sich ans All verschenken, und an jedes Du, dem es zutiefst verbunden.

Wie eine Weihe ans Unendliche vollzieht sich dann ein jedes Regen und Bewegen, wie ein feierliches Schreiten lässt sich alles Streben an nach Klarheit, Würde und Gediegenheit im Werken.

Gleich der Sonne mildem Abendstrahl legt sich die Heiterkeit auf das Gemüt der so Geformten und verbindet sie mit dem unendlichen Befrieden, das die Sphären unentwegt durchzieht.

Im Glanz der Gegenwart glänzt dann das Künftige und führt die Seelen ins beglückende Vertrauen.

22. 3. 1998

Ich träume vor mich hin, und nehme teil am Darben deiner Seele nach verlorner Zärtlichkeit und Heimlichkeit im Bleiben. Bilder tauchen auf von seligem Umfangen, von Gewogenheit im Wiegen, von Feinheit des Berührens, wie von wohligem Versinken ins Gefühl der Allgeborgenheit in deinem Wesen.

Weiser Wahn und Spender reiner Schönheit in der Schicklichkeit des Liebesalphabets ist jedes Sich-im-Trauten-Sehn. Weckendes Beflügeln schon im kreisenden Gedanken - und im Kreisen der beseelten Fingerchen noch mehr.

Eine Laute soll uns dazu, leis geschlagen, ihre Würze präludiern.

26. 3. 1998

Vielleicht ein Ruhgedicht im Ruherleben, ein Sich-mehr-und-mehr-Verwandeln in die Wesensform der Heiterkeit und seligen Vertrautheit mit dem Leben. Wie sind doch alle Dinge gut, wenn wir im Guten sie erleben. Wie leuchtet uns die Sonne hell und wunderbar am Tag der guten Hoffnung, die sich uns erfüllt in unserm In-die-Zukunft-Schauen.

Weben in Gedanken. Sich umfangen in der Bilderhaftigkeit der Phantasie. Des Wohlseins makellose Züge klären, was wir sind, und führen uns von Glorie zu Glorie im Weiterstreben.

26. 3. 1998

Was hast du von der Welt, wenn du sie nicht in Mir begründet deine nennen kannst? Was kann schon aus dir fliessen, wenn nicht *Mein* Fluss mit deinem sich vermählt zu fliessendem Gedeihen?

Bedenke du Mein Kind, dass Ich mit Meinem Herzblut dich ernähre; sei fromm, wenn du nur Meines Namens dich erinnerst im gewaltigen Weltenbrausen. Denn *Ich Bin* ohne Laut Gedankenwehn, *Bin* deines stärksten Fühlens zartster Inhalt in der Melodie des Seins, in die Ich dich geschlungen.

Weise Meiner Weisung Ehrfurcht und Beachten zu im täglichen Bemühen. Was nützt dir alles, wenn du nicht den Nutzen Meiner Innheit dir erspürst im Wandelbaren.

So lass dich denn in Herzenstraulichkeit von Mir umfangen, bereitend dir unendlich feines Wohl im leuchtenden Erlangen. Lass Fahnen wehn der Zuversicht in Meinen Winden und beschreib dich selbst in Meines Bogens weitgedehnter Fülle, dessen unverbrüchlich Teil du bist im Glänzen.

28. 3. 1998

Nun ist die Schrift vom reinen In-Mir-selber-Sein in allen Dingen, dir und Mir, vollendet. Wachend, bittend, selig in Mir selbst, hab Ich den letzten Zeilen Form gegeben, bis sie wirklich war.

Ich Bin erlöst und schmieg mich still an deine Seite, liebevoll und warm und leichten Herzens, Traulichkeit verbreitend und empfangend im bewussten Zeitenwohl.

Wie ein ewig Lächeln tritt Mir ins Erscheinen: die Feinheit des Erlebens des holdseligen Vereinens, licht und schön.

31. 3. 1998

Hoffnung, immergrün, auf etwas in der Ferne, in der Näh, dass Röslein blühen, eine Windsbraut sich vermählt.

Abergründigkeit der Herzen, die nicht wissen wollen, was sie tun im Taumel der Holdseligkeit, im liebeleichten Sich-Umfahn.

Die Seele weint im süssen Sich-Vergeben, und die Stunden fliessen so dahin im Träumen, in der Seligkeit des Bluts und in der Sehnsucht nach dem Du.

19. 4. 1998

Die Mietze schnurrt im Sessel vor sich hin und passt ins Bild des Friedens, das sich in der Abendsonne meinem Da-Sein präsentiert.

So schön geglättet wie das Umfeld, ist auch meine Seele in der Stille des Gewahrens.

Sie zu fühlen, send ich mein Gedenken deinem Wesen zu, zum Wohlgefallen und zum Trost in deinen Wehn.

Im stillenden Beschauen sei du Zeuge deiner Einheit mit dem Sein in sänftiglichem Ruhn.

16. 4. 1998

Im Leben sind sich die Getreuen wie im Himmel nah im Reich der fühlenden Gesichte, die sie rosenzart verbinden. Aufbruch in den Jubel wollen sie im ahnungsvollen Sich-zutiefst-Vergeben, Friedefertigkeit inmitten des geschäft'gen Durcheinandergehns.

Dann schweben sie im Reinen. Wie die Nachtigall am eignen Sang berauschen sie sich am beseligenden Klang des Herzens und zerschmelzen in den Wonnen der unendlich feinen Näh. Wie lieblich ist ihr Hin und Wider anzuschaun im Reigen des glückseligen Vereinens.

Lächeln liegt auf ihren Zügen himmelhohen Glänzens, und die Sterne läuten ihnen leis und zart den Frühling ein.

Ostern 1998

Trikolore der Besinnlichkeit. Herzbewegen in der Schwebe. Das Profil des Lernens weitet sich auf jedem

Gang in neue Tiefen. Hin- und Widerstreben reichen sich die Hand im stillenden Gebet des Stilleseins im Reinen. Zu gewinnen ist so viel, wenn wir uns ganz verlieren; zu schenken eine See von Glück, wenn wir Bewusste sind des Andersartigen, das im Begegnen uns zur Einigkeit erzieht. O schau, es führen uns die Zeiten und Gefühle neuer Formung zu und helfen uns bestehn im Seinsgeschichtlichen, wie in der Liebeskräfte Strahlen.

13. 4. 1998

Die Wiege Meines Waltens lässt sichs gut sein im urewigen Wohl, dort wo die Sterne glühend sich ans All vertun, und die geheimnisvollen Spuren der Geweihten sich verschränken zur Gemeinsamkeit im Weben.

Losgelösten Sinnens trachte Ich darnach, in dir Mein Bilden offenbar zu sehn. Ich reiche dir die Hand hinüber ins Gedeihen deiner Menschlichkeiten zum gekonnten Götterstil.

Ohn' jedes Wanken sei du Meines lichten Flammens Ausgang und Mein Siegeslächelns Ziel in deines Strebens Unerbittlichkeit, umflort vom Feingefüge Meiner Harmonie.

26. 4. 1998

Seelentränen sind wie Tau im Silbermäntelchen, das Morgenlicht zu loben; Heimweh nach Verschmelzen, Sehnsucht nach dem Ewig-Sein der holden Ströme des Entzückens, denen wir uns hingegeben.

All mein Sinnen du; die Schleier des Verlangens hüllen dich ganz ein und füllen dein Ergeben mit elysischem Empfinden, so und so und so, bis sich im Überschwang die Kräfte der Begeisterung lösen.

Rettung findet sich im Bund der Arme, die voll Herzlichkeit die Gründe deiner Welt im Liebestausch verbergen.

26. 4. 1998

Alle Wege sind Mein Ziel. Jede deiner Gesten des Verlangens ist Mein Langen nach Geborgenheit und Frieden.

Endlich stehst du dann in *Meinem* Lichte wie der Cherub, und bedeutest deinen Schwingen - Welten zu umfahn. Deines Wesens Klarheit spendet Helle den Versehrten, öffnet ihnen die holdsel'ge Bahn ins Wunderbare der Verheissung.

Schau, es wallen dir die Tage schemenhaft vorüber, bis du, ihres Glanzes inne, dein Erhabensein in ihnen fühlst. Deine Stärke, die *Ich Bin*, bewirkt den guten Ausgang aller Dinge deines Lebens, wenn du willst in Meinem Lichte stehn.

3. 4. 1998

Die Gedanken schwingen sich hinauf, wenn sie im Stillsein an sich selber sich erlaben.

Hofrat deiner selbst zu sein, weisheitsvoll dein Schiff von Meer zu Meer zu lenken, spornt dich *Meines* Sporns Gepräge an.

Bedeutsam ist dein Schaffen, sowie *Ich* ihm Bedeutsamkeit verleih und Langmut, Liebenswürdigkeit und Kraft im Seinsgenügen.

Waltender in dir, behüt Ich jede Regung des Gewissens deiner Menschlichkeit in *Meinem* Wachen, unermessnem Lichte zu.

4. 4. 1998

Trink den Becher nicht zur Neige; dann ist jeder Tropfen voll und schön.

Den Schmelz der zarten Lust im Blute spüren, noch und noch, und wieder wie in Trance, wie im Rausch das nie versiegende Verlangen. Eine Welt von wunderbarem

Sich-Vergeben, das Sich-Hüten mitten in den Flammen-loh'n: Will Ewigkeit - und Kunst des Auseinandergehns, gestillt und hoch in Freuden.

6. 4. 1998

Strömender Gefühle Quell im Herzumfangen. Liebe-leichte Hand im Übergleiten der gelösten Glieder im Festkreis der Natürlichkeit.

Ein Leuchten, Rauschen und ein Weh des Bluts im Sehnen. Träume werden Wirklichkeit - und Traum im wonnevollen Sich-Verspielen.

Lächle nun in Einfalt, wie in Tränen, vor dem Wunderbaren, das dir so geschah im erschütternden Begegnen; denn unsre Zeiten sind wahrhaftig gross.

11. 4. 1998

Geliebte Meiner Herzlichkeit, wie kann Ich dich im Sein für deinen Heldenmut belohnen. Ohne Zweifel wirst du deines Zweiflens Trächtigkeit wie Spreu im Wind verlieren, wenn du in *Meinen* Räumen dich bewegst.

Es leuchten dir die Sternenaugen wie Geläut zur Heimkunft in Mein Reich, das deins ist immerdar im Einssein aller Wesen.

Was dir auch fehlte, hier ist es getan an der Seinsvollendung deines Wesens, in der Freundlichkeit des zeitenlosen Weilens. Was immer dich bedrängte, dräng Ich weg in deines Willens Wiederholen.

Denn *Ich Bin* deiner Stärke Inhalt, Bin jederzeit dein Bilden, wo du in Treue zu Mir stehst.

Verwirf die Falten im Geschick und folge dem, was *Ich* dir ins Gewissen trage, heil und heilig in der schlichten Weise Meines Mich-Vertuns.

Ich folge deinem Schreiten fersgenau und lös Mich auf an deinem Nicht-Bewegen. Meines Wandelns Innigkeit ist dein Begreifen, Meine Flut die Reinigung von dem, was du dir, rankenhaft, zum Bild erwählt.

Voll Güte tauch Ich hell in dein Befinden und erheitre, was du bist, in liebevoller Weise, leisen Saitenschlagens, deiner Seele ins Gehör.

18. 4. 1998

Als ein geweihtes Wesen leg Ich dir die Blätter aus dem Sein in Hand und Herz, dass dir daran die Freude sprudelt ins Empfinden.

Nacht um Nacht hab Ich sie mit Begeistrung vollgeschrieben, dir zu Ehren, wie der Welt der Seelen, die sie recht verstehn.

Wir wandern durchs Geschichtliche, und sind doch unverwandt ins Sein geschlossen, und vereint im selben Klingen einer ew'gen Melodie von Güte und Behagen.

Lass es dir gut sein in den Tagen deines Dich-Versenkens-in-die-Ruh, und lass dich immerfort vom Sein beseelen.

3. 5. 1998

Nun trägt dich feine Wonne ins Verklären deines Seelenseins, ob dem Ereignis, das du dir erworben. Wie mit dem Siegel eines grossen Fortschritts bist du nun bezeichnet, und beglückt verweilst du im Bewusstsein reiner Gnade, die dich überfliesst.

Wie warm und reich ist doch verbunden, was wir sind, in diesem Augenblick des Seins im Wunderbaren. Wie belebend reichen sich die strömenden Gefühle sanft und leis die Hand zum Friedensgruss im stillen Abend der Beschaulichkeit und Ruh, bis sich der Schlaf uns gibt, dem wir uns hingegeben.

5

Eine Laute für den Klang

Dein Lächeln sei der Lohn für Meinen Eifer, dein Wohlverstehn die Labsal deiner Seele, wenn sie schauend sich die Früchte *Meines* Schauens zu Gemüte führt.

Dies ist alles wie ein einziger Psalm im Gottesloben, *eines* Auf- und Niederwallens Melodie von namenloser Schöne.

Himmelstrautheit soll dich von dem Klang des Liebelieds umgeben, Heiterkeit und Klarheit des Empfindens in der Lebenssinfonie.

10. 5. 1998

In Hangen und Bangen langt die Seele nach des Friedens Ruh. Wie Geschwister sind die Bäume, die dich mild umstehn im Blütenkleidgepränge, sind der gelbe Ginster und das satte Wiesengrün.

Gleich der linden Maiensonne komm ich dann zu dir und überstrahle deines Seins Befinden, dass die Helle dich durchströmt und Zuversicht dich mit dem Ziel verbindet, dessen hehre Grösse dich wie Milch und Honig nährt und dich gesichert weiterschreiten lässt auf deinen Pfaden.

Des Umfangens ist kein Ende in der Seinsnatur, und was wir lieben, ist uns innig nah im Zeitenlosen.

13. 5. 1998

Eine Träne für die Sehnsucht, eine Laute für den Klang, mit dem Ich dir die Gegenwart versüsse. Unsre Gärten sind zu schön, als dass nicht die Empfindsamkeit der Seele sich erregte, uns ein Bild der schwelgenden Glückseligkeit erzeugte - und ein leis gefühltes Weh.

Dein Mündchen tast ich an mit feingeführten Fingerbeeren; deiner Augen Leuchten lass Ich in Mich fahren und ströme dir dafür Mein Seelensein entgegen.

Alles ist so gut und weise: denn die Dinge *Meiner* Weisheit stehn unweigerlich im Lot.
Dies sag Ich mitten im erschütternden Begrüssen.

17. 5. 1998

Nimm hin dies Blatt ins Seelensein, und übergleit es sachte mit den Augen wie das trauliche Gefieder eines Täubchens.

Meine Liebeskraft nimm hin, mein Herz, mein Staunen ob der Wunderwelt des Sinnenseins, durch die wir in ein Märchenreich gegangen. Zu viel, zu viel und doch wie süss sind wir uns angehangen.

Weide dich, mein Vögelein, am Blätterwald, sag ich zu mir, zu dir, und fühl dich nicht in ihm gefangen; dann ist uns die bunte Welt ein Zaubergarten.

22. 5. 1998

Meine Weise ist die Weise der Propheten, dich zu führen in Mein Zelt der weihevollen Gaben. Gross in diesen Tagen ist die Lebenswelt, in der wir uns dem innigsten Gefühl verbinden; denn die Sehnsucht weitet sich, indem wir uns zutiefst zur Erde, wie zum Himmel, wenden.

Unaufhörliches Verlangen hier und Langen dort nach Frieden im Unendlichen der Hamonien, prägt das Doppelbildnis, das wir sind im Gottesmenschlichen, und webt am Tuch der Schönheit, das uns leichten Flugs umhüllt und in die Ferne einer gloriosen Zukunft leitet.

24. 5. 1998

Schnee von Zartheit, selbstverlorne Lippenflanerie, Hauch des Berührens der Gelöstheit, ruhn in seelensüsser Harmonie. Wie wohl, wie zärtlich schmiegen sich die Blättlein der Holdseligkeit uns an, wie traulich die

Vertrautheit Seel in Seele, warme Beuge des Verzärtelns, Fingerbeerenspiel.

Traumschloss, träumendes Vertun der Zeit im Einssein der Naturgebilde. Glückseliges Gelispel, Wiegen, Herzen auf dem Karussell des Sehnens und Gestilltseins. Lebenswonne durch und durch in jeder Faser des entzückten Wesens, wie im Äther schwebend, innig, wahr und schön.

29.5. 1998

So sind uns in diesen Stunden
unsre Hände, unser Mund
zur Glückseligkeit verbunden
in des Fühlens tiefstem Grund

Ist der Augen sanftes Lächeln
eine Botschaft sonder Treu
wie des Sommerwindes Fächeln
das uns neu und immer neu

In die höchsten Höhn geleitet
des begeisternden Verstehns
wo die Liebe uns bereitet
Stillung allen Herzensflehns

30. 5. 1998

Wie beginnt der Tag? Mit der lieben, langen Sehnsucht nach dir. Ich sollt dir das nicht sagen. Denn ich will dich nicht um meinetwillen bangen sehn. Die reine, feine Sonne bringt des Tages Glänzen, zeigt den Augen alle Wunder der Natur und führt uns in die Mitte unsrer selbst, wo sich die Dinge unsres Seins im Equilibrium befinden.

Wir atmen Schönheit und Gelassenheit und strahlen Freuden aus zu den Geliebten unsrer Zeit, sie innig zu

beglücken. Leis, leise öffnet sich dem Blick die Anmut
des Vollendens.

30. 5. 1998

Ich taufe dich und raufe dich
und bin dir lieb und gut
und bebend überlauf ich dich
mit wonnevollem Blut

Ein Menschenkind voll Anmut find
ich tief beglückt in linden Armen
und tränke es, beschenke es
mit wundertätigem Erbarmen

Die Liebe spriesst die Liebe fliesst
vom Mund zum feinen Mündchen
dass es der Welten Weh vergisst
im sel'gen Liebesstündchen

5. 6. 1998

Überschuss an Lust im Leben hält Mich auf der Bahn der
fliehenden Äonen. Seinsgewappnet reich Ich Mir in den
Geschöpfen selbst die Hand und wandle, was Ich Mir in
ihnen Bin zur reinen Blüte reinen Selbstvergessens. Nur
im Sich-Vergeben öffnet sich der Freude Tor und lässt
die Tränen der Gelöstheit fahren.

Was von Liebe ist ein Herzensstrom, vereint sich Mir
in strahlendem Genügen und erfährt in unaussprechlich
leisem Beben Meines Seins Gewissheit mitten in der
Zeitennot.

Ich habe nur zu sein, und jede Wunde schliesst sich
Meines Unvermögens. Im Urspung des Bewegens ist
Bewegen nicht das Ziel, denn alle Ziele sind im Seligen
verflogen. Nichts als Süsse des Erkennens Meiner selbst
ereignet sich im Flutlicht Meines Weilens.

Schönheit, Wahrheit und Entzücken haben sich mit Mir verschworen und bereiten Mir das Fest der Seinsgelassenheit in vollen Zügen.

Rückwärts wend Ich nicht Mein Schauen; weder Sorge, noch Erfolg versuche Ich im Künftigen zu sehn, weil Meines Seins Gewissen sich den Augenblick zum stillenden Gefährten auserwählt.

Aus ihm fliesst in dezenter Leichtigkeit die Allschau Meines wunderbaren Weltverstehns. In seinem seelenvollen Rauschen liegt das Mass der Dinge Meines Waltens in der Ruh.

Kein Lauf, kein Stillestehn, Befehlen und Gehorchen ist als Attribut in Mir zu finden. Sein ergibt sich aus sich selbst in unerreichter Schlichtheit, im Geheimnis der Vernunft, verborgen hinter allen Hintergründen, wie im nie versiegenden Befrieden, das es sich gewährt im ewigen Beschauen.

5. 6. 1998

Wie die Dinge liegen, gibt es nur ein Staunen, und ein staunendes Beschauen dessen, was die Menschen sich bescheren können in hochheiligen Nächten des Beglückens und Beruhns.

Ein Summen in des Blutes Strom, voll Sehnsucht, und voll Einsicht, dass die Liebeskräfte wieder sich erholen müssen.

Das gewährt Glückseligkeit und Ruh.

6. 6. 1998

Wie fasse ich nun dies Verlangen in mein Herz. Wie weise ich es in die rechte Bahn, des Glücks, wo es doch so viel Schwere mir erweist, bis sich der Zaubergarten wieder öffnet und die ungehemmte Flut der Zärtlichkeit ihr Werk vollbringen kann in reizendem Vergeben.

Die Rettung liegt im Sein des Allbegreifens, im inneren Erhabensein, das auch dem lockendsten der Töne noch den rechten Klang verleiht und ihn zur Sanftmut moduliert im traulichen Vibrieren.
Leichten Füsschens trag ich wieder Mich dir zu in Frommheit und Begaben, scheu dein Herz umkreisend, und verstömend, was ihm frommt voll Güte im Genesen.

7. 6. 1998

In unaussprechlichem Bewahren hüt' Ich, was du bist, in Meinen Herzensgründen. Deine Dinge sind Mir nah, und jede deiner Freud- und Qualen ist Mein eignen Blutes Lust und Qual.
In grosser Schwinge wohlgeborgen, trag Ich dich voll Seligkeit voran. In *Meiner* Würde brauchst du nicht zu wanken. Was Ich dir erlese, liest sich wie ein Märchen aus den zweiten Tausend Nächten, die Ich Mir mit dir gewähr, derweil du dir den Kopf erhältst, in weisem Überlegen.

12. 6. 1998

Du bist das goldne Haar in meinem Süppchen,
das ich mir suchend finde und verzehr
mein all so liebenswertes Püppchen
dem ich mein wonnevolles Herz verehr

Wie sollt ich mir die Stirne nicht bemalen
um dich mit Vehemenz zu locken zu mir her
mit holden Künsten prächtig prahlen
dass du dich mir veräusserst immer mehr

Ein heller Aufruhr ist in uns geschrieben
von reiner Seligkeit und stillem Weh
der will und will in unserm Lieben
dass jedes noch an seiner Lebenslust vergeh

13. 6. 1998

Machbar ist Mir alles in der Sanftmut Meiner über-
sinnlichen Gebärde. Trautheit des Vereinens ist vollendet
feingefühlte Harmonie im Seelensein. Wie könnte sonst
die Sehnsucht sich erlösen.

Mild und weihevoll ins Zeitliche gelegt, bewege Ich
das Herz zum Leicht-Sinn im Behüten und vertraue dich
Mir an in wunderbarer Klare des Empfindens. Balsam
Bin Ich deinem Ungenügen, Regsamkeit dem Hang zum
Träumen und beseelte Heiterkeit im wachen Lauschen.

15. 6. 1998

Gedankenlosigkeit in stillem Beten sei dein Ziel. Das
Unerforschliche verleiht dir Flügel, wenn du dich tragen
lässest von der süssen Melodie des Schweigens in
Gewissenhaftigkeit und Ruh.

Sei dich und singe, denn die Zeit kann nur im Jetzt
sich von der Mühsal lösen.

Ich atme Frieden, deinem Frieden zu, und fülle dein
Verlangen im Erfühlen reiner Ruh.

20. 6. 1998

Nicht mehr denken können, weil die Wogen des Gefühls
es überbranden. Sich im Nirgendwo verlieren, weil das
Einzige vor den Blicken sich verliert. Von einer
Herzensgabe zehren, die sich unverwundbar eingenistet
hat ins taumelnde Empfinden und uns von Stund zu
Stunde hilft zu leben im Unmöglichen.

Was suche ich: Die Lippen, deine Wärme, deinen
Schoss, und weinend such ich sie im Übermass der
Sehnsucht, die mich einnimmt, dass ich nichts mehr fühle
ausser sie.

Nur, dass ich weiss: Das Licht des Seiens geht mir nie verloren, jedwelche Dämmrung weicht dem ew'gen Strahlentag dort oben.

21. 6. 1998

Eine Wunderwelt im Spiel: von Verträumtheit, glitzernden Libellenteichen, Waldblumenwiesen und holdseligem Verweilen eine Saga, fast ein Weh.

Tausch der Seelenströme in der Ruh, seliges Versinken in die Arme des Natürlichen, wie in Lianenblattwerk, derweil die Sehnsucht lässt uns nimmer los.

Im streichelnden Begrüssen drängen sich die Tränen übers Wehr, wobei die Brünnlein des Begreifens unermessner Schöne immer neue fliessen lassen.

25. 6. 1998

Eine Liebschaft wie im Mai will Ich vor deine Seele tragen, mustergültig und gediegen. Apfelbäumchen blüh'n in ihr, es klopft der Specht, und über das Gewog der Wiesen breitet sich das Gelb des Löwenzahns. Der Bienlein liebliches Gesumm umschwärmt der Kelche lockendes Verlies und kündet Wonne und Beseligung im warmen Sonnenstrahl.

Das ist der Frühlingsreigen, den Ich mit deinem Seelensein voll Anmut tanze; die wundersame Stimmung ists, die Ich verbreite, deinem selbstverlornen Sehnen zu.

Was hast du denn von Mir genossen, wenn nicht jeden Widerschein des Lichts im Farbenreichtum aller Dinge, die dich friedevoll umstehn. Was spricht dich von Mir an, wenn nicht das Vogelstimmenjauchzen, das in alle Winde Meine Lebenslust versprüht. Schau hoch und nieder, horch und saug die Düfte ein: Sie sind mit allem, was du siehst, von Mir ein Liebeszeichen.

Schwebe flügelleicht durch das Natürliche, indem du es mit liebevollem Blick umfängst und hegst und tröstest, wo es sich verhing. Ein Bienchen hebst du aus dem

Honigtopf, in den es fiel, und schenkst ihm so das Leben. Ein Kätzchen schätzt die Milch wie du und leckt den Teller rein, den du ihm sachte hingegeben.

Wandle dich zum Gutsein jeder Kreatur entgegen. Auch ein Mücklein ist von Mir und lebt, auf sich allein gestellt, von deiner Huld, wenn du es unbeschädigt lässest seiner Kreise Lust vollziehn.

Wie viel erfüllt sich in der Wärme des Erbarmens. Wie bedürftig sind die Menschenseelen nach dem Anerkennen dessen, was ihr Sein ist im Bewusstsein ihrer Sphären.

Trage Rechnung ihrem Werden in der Zeit und schau auf deines, das sich so bedächtig, kinderschrittchenweis, ereignet in der holden Unschuld des Dich-selbst-Geniessens. Säh'st du dies, ein Mitleidslächeln überhuschte deine Züge.

Mach dich mählich frei von allem Tand, der dich geflissentlich umspinnt, und finde deiner Grösse Mass in Mir im absoluten Dich-ins-Seinsvertrauen-Schmiegen.

3. 7. 1998

Was Ich nicht verschweige, ist Mein Ruhn im Herzensflehn, Mein Deinen-Seelenstrom-Verehren in geheimer Zwiesprach, echohallend, rosenrot dahin-gehaucht in Liebessphären.

Blütenrein gewandet wall' Ich zu dir hin, die Zärtlichkeit zu üben in verspieltem Spintisieren. Trau- und treulich leg Ich Meines Seins Geschmeide um dein Herz, sein Liebeleid zu stillen mit der zartsten Friedensmelodie.

Voll Seele när Ich dein Entgleiten mit Glückseligkeit und Ruh im Traumgemach des Harfenklangs zu wunderwirkendem Genügen.

Das Leben weben und erleben voll Glückseligkeit und Wonne will dein sehnsuchtsträchtiges Gemüt. Und welche Fülle des Empfindens und Verzärtelns und Berührens und Umhegens und Geniessens ist dir nun ins Herz geströmt, aus Meinem dargebotnen Gral. Es kommen die Gedanken und vereinen sich zur Niederkunft der Freude am Sich-unentwegt-Verwöhnen.

Du Selige in Meiner Gründlichkeit, du allertiefst Empfindende: Wenn Ich dich rühre im Berühren, rieseln Freudentränen durch dein Blut, und nicht zu fassen weiss sich deines Wesens Weise im Unfasslichen, das von Mir ausgeht, dir wie der laue Sommerwind die Ehre zu erweisen.

Wie viel blanke Blösse ringelt sich um Meines Lockens liebedurstigen Stil; wie viel von Anmut lass Ich durch die Glieder fahren, wenn sie sich umfahn im Taumel des Geführtseins von der ewigen Lust am Sich-Berühren und Voll-Zartheit-ins-Elysium-Verwehn. Denn Meines Gartens Tore öffnen sich den Bräutlichen, die, lind von Inbrunst, ihrer Lippen Süsse sich vergeben, deren Schösse sich geschwisterlich umschmiegen, frei von Scham, und nah dem übersprudelnden Entzücken in der Springflut des Vergebens.

Ich lade euch und labe euch, wenn sich die Dinge der Allherzlichkeit im Menschlichen entladen, *Meiner* Treue Lohn verschaff Ich den Gezähmten, wenn sie Lämmchen gleich in Meiner allumfassenden Gebärde des Behütens selig bei sich ruhn.

Dich segnen will Ich mit so viel an Güte, dass du im Verwandeln wie ein Stern einhergehst durch den Himmel deiner Seinsnatur.

Inbrunst, Herzenstränen, Seufzen, Klagen will Ich in der Weise der Verliebtheit vor dein Antlitz tragen. Süsses Weh im ewigen Wiederholen jedes Augenblicks durchrieselt Meiner Seele Fieberhaftigkeit und steigert stündlich ihr Verlangen nach der Wonne des Vereintseins in der allernächsten Wesensnäh.

In dir das Einssein zu erleben, ist die holdeste der Freuden, die das Sein zum Da-Sein sich erlesen; dir den Nektar aller Güte von den Lippen saugen: die Beseligung an sich, die sich in Stössen wie des Zickleins nach der Muttermilch erfüllt im Liebesreigen, dem sich alles einreiht, was wir sind, im Zeitgeriesel.

Schöpfen aus der Fülle lass Ich dich und Mich im wohlgemessnen Überborden, Lieblichkeit erzeugen in der Art des selbstvergessnen Kinderspiels. Von Seligkeit zu Seligkeiten lass Ich Mich von dir entheben im Verströmen und Besiegeln dessen, was wir sind, im wunderbaren Bogen des In-Einigkeit-Beruhns.

Was sich bewegt im Herzbewegen, was sich kundtut in der Geste jeder Zärtlichkeit, ist Seinsvollenden, höchste Blüte vollen Menschseins in der gottgesegneten Natur.

Das zarteste Feingefühl entzündet jeden Blick der Augen zum Gespräch des Göttersagens, wenn die Strahlen liebreich ineinander gehn. Wie im Zauberkreis Gebannte stehn die Wesen im Umfangen da, und verehren sich ihr Sein in Milde und herzinnigem Ergeben.

Lächelnden Gemüts begreifen sich die Traulichen in strahlender Wahrhaftigkeit und schenken sich die Nähe warmen, weisen Sich-Verstehns. Geheimnis um Geheimnis lüften sie sich in der stillen Wiederkunft des zarten Sich-Berührens, schamhaft, rein und reich im langgedehnten Märchenspiel.

So seis im ewig neuen Jubel des Begleichens einer Schuldigkeit im Sich-Begegnen der Allmenschlichkeit vor Mir, in Süsse und Gediegenheit, im sehnenden Erfüllen und im Schmelz der Zärtlichkeit Mir angetan.

9. 7. 1998

Meine Seele zu ergründen, gründ Ich einer Menschheit Flor in wunderbarem Sich-Begegnen. Meine Räume zu erleuchten, leucht Ich dir ins Angesicht, und lasse Licht und Schatten auf dir spielen. Weh und Wonne folgen sich im Wechselspiel auf deinen Zügen; Wirklichkeit und Träume geben sich die Hand vor deinem Sehn und Schauen und bereiten dir die Festlichkeit des Lebens, wo du bist und dir Genüsse und Errungenschaften auferlegst.

Ich Bin der Stürmer im Begleiten deiner fortgesetzten Taten, Bin die Sehnsucht, die dich in die Liebesarme treibt in wonnevollem Brüten. Eine Flut von Schönheit trag Ich Mich dir an; ein unaufhörliches Dein-Sein-Besingen quillt aus Meinem gütevollen Hier, dir Holdseligkeiten darzubringen.

Wenn Ich nur deines Wesens Saum berühr, gerätst du ins Entzücken, füll Ich dein Innesein mit Wonnen des Umfangens, bist du wie von Sinnen auf der Liebe Götterspur. Du Traute, heimlich Mir Vermählte Trägerin des Friedens Meiner Kür, Ich will dich von Mir hoch berauschen.

In Tränen zu dir sinkend, sink Ich vor Mich selber hin und labe Mich und bade Mich in unaussprechlichem Erfüllen. So weih Ich Mich in dir dem höchsten Seinserfühlen, so gewähr Ich deinen Nöten Linderung in hocherhabener Manier, die von den Enden reicht zum Neubeginnen ewigen Jungseins, im erstrahlenden Azur.

Ich weise deinem Sinnen Meine Stärke, deinem Fühlen Meines Zartsinns Spur im Spiel der Kräfte, die dir eigen. Überschau, was du dir bist in *Meinem* Überschauen und gewähre dir den Lohn des Sicherseins in Meinen Gauen.

80

Sei ein Beispiel des Vereinens in der Nacht der Sterne, die, im Schauspiel der Unendlichkeit erglühend und sich selbst nach Mir verzehrend, liebevoll in Meiner Liebe stehn.

11. 7. 1998

Wohin Ich schau, Ich schau ins herzerschütternde Vereinen, dem Ich bis in alle Ewigkeit mit so viel Trautheit untersteh. Was bleibt, wenn du das Höchste kommen siehst im majestät'schen Schreiten deines Seinsgefühls und es dich überschreitet, im vollendet Dich-Ergeben in die warme Wucht des innigsten Empfindens? Was ist Verschmelzen, wenn nicht dieses Aneinander-ganz-verzaubert-Sein in jauchzender Bestätigung der Zartheit im Umfloren?

O wie wissend ist des Liebens Fühlbereich, wenn sich das Zärtlichsein in eine Seligkeit erlöst, die keiner Hemmnis mehr bedarf im Überströmen. Wie in sieben Himmeln wohlgeborgen, gleitet dann die Seele federleicht dahin und übergleitet stillen Flugs die Lande ihres Sehnens.

Weide dich, entscheide dich an Mir zum Sein in ewiger Friedefertigkeit, zum Wallen durch die Welt, wie eine, die, des Rätselns bar, das Offenbare in sich trägt unendlichen Genügens. Wie mit Händen fass Mich an in deinem innigsten Bezug zu Meinem Strahlen. Sonnenwesenhaftigkeit verleih Ich deinem Vor-Mir-Schweigen, seliges Gefiedel deinen Herzenssaiten, wo du Mich erkennst im gleitenden Vorüber-ziehn.

Schlaftrunknen Taumelns willst du dich vom Lager der Holdseligkeit erheben und fällst ungesäumt in *Meiner* Arme überirdisch Wohl.

So sind die Liebesfeste ewig im Vorübergehn zu greifen im erzählenden Gewissen und schmiegen sich an neue, noch zu kommende, zum Bilde unermesslichen Verklärens.

6

Ich trage dir den Himmel an

Ich trage dir den Himmel an in luftig leichtem Schweben, die Trautheit einer Stunde, die dich stählt fürs Weiterschreiten auf der ewigen Bahn der tausend Freudenvariationen.

Ich führe dich vom Ausgehn aus dir selbst und vom Dich-selbst-Verlieren in den Bogen Meines Heimbegleitens zum Erfülltsein von der Ruh des Sternenwebens. Meine Stille legt sich auf den sammetweichen Spiegel deines Herzbefindens und besänftigt noch sein leisestes Bewegen. Wie aus weiter Ferne raune Ich dir Sagenhaftigkeiten ins erwachende Gehör und lasse Märchenbilder lauterer Glückseligkeit vor deinem innern Aug erstehn.

In Orchideenreinheit halt Ich dich umfangen und begrüsse deiner Sinne Lauschen mit so leis geführtem Übergleiten, dass du, wie vom Hauch der ewigen Heiterkeit berührt, Entzücken atmest in des Seiens Elegie.

Aus der Niederkunft der Träume im Vereinen fügt sich dir das Bild des vollerwachten Einsseins ins Gewahren und erhebt dich in das Wunder Meines seinsnatürlichen Begabens, denn in Mir ist Wonne des Bewusstseins ewig strömendes Gespiel. In Meinem Wesensgrund ist auch die Stille noch ein Herzgesang allweiten Schwingens in der Melodie des Liebens aller Dinge Meines Seinsgewissens. In den Tiefen Meiner Urnacht blüht die Rose des Verduftens Meines Seinsaroms und füllt den Äther deiner Sinnlichkeit mit wundertätigem Beleben.

So gewähre Ich Mir selbst in dir die höchsten Freuden des elysischen Erlebens Meiner Spur, so trau Ich dir in Trautheit Mein Vertrauen an und spüre deines Spürens Harmonie im siebensiegligen Geheimnis des Erscheinens der Lebendigkeit in deines Wesens zur vollkommnen Grazie geformten Zügen.

12. 7. 1998

Wärme, Milde, Glück und Frieden wallen durch das Herz. Wie hat es im Empfinden Neuland doch betreten, wie sich hingegeben an die lockende Natur, Holdseligkeiten zu erfahren. Freude summt durch alle Glieder Meines Seinserfahrens. Wonne ström Ich dir entgegen aus der Fülle Meiner Ruh, denn wie in Flaum gebettet ist Mein Fühlen.

Ein Schweben ists, ein lockeres Frohsein von der Art des Bubenstreichgesinnens in der Früh, nur dass Bewusstheit alles überstrahlt, was Ich Mir Bin, was wir uns sind im überschauenden Verehren.

14. 7. 1998

Schicke dich ins Schicksalslose, geliebtes Täubchen in des Herzens Flor, das Wunder deines Seins entscheidend zu beleben. Nicht, was du selber willst, nur, was die Götter in dir wollen, sei das Mass für dein bedeutungsvolles Tun in jeder Phase deines liebekundigen Gestaltens.

Ich zieh dein Werden in Mein Wohl aus Herzensgründen und gewähre dir von Mal zu Mal die Süsse des Verschmelzens mit dem Odem Meiner Seinsgestalt, mit dem Ich dich voll Zärtlichkeit umhege.

"Wache wachend auf in Mir", sprech Ich dich an im liebetrunknen Aneinanderschmiegen. Erhebe, was du wirklich Bist, ins Sein gestillter Gläubigkeit zu Meinem An-dir-inniglich-Erbeben. In der Weise steter Läuterung gewähr Ich dir Erfüllung deiner allerkühnsten Träume in so seliger Manier, dass alle deine Sinne sich vertrauensvoll ins Sein erlösen.

Lächelnd wie die reine Unschuld stehst du so vor Mir im Bilde deiner Anmut, in der warmen Weichheit deiner Züge, die zum Liebesfeste laden. Bin Ich dir Apoll, so füg Ich Mich ergriffen dem Ergreifen deiner Schwanenarme und vermehre deine Lust, indem Ich deinen Lippen jede Wölbung Meiner Seinsgestalt vergebe. Das Geheimnis Meines, deines innigsten Gefühls entdeckt sich an der züngelnden Holdseligkeit im unermessnen Laben. Seelenleichtigkeit im Träumen, noch und noch gewonnenes Vereinen auf der Götterspur des überreichen Variationenspiels nie endenden Behagens.

Im Sein erfunden und bewahrt soll dies dein Wesen durch die immergrünen Gärten des Erlebens tragen und dich schützen in der Zeit der Lebensnot. Mein Wille steht dir bei und lässt dich leichthin alles überstehen. Eratme dir an Mir den Hauch balsamischen Aroms im Zug der Seinsgelöstheit aller Glieder und versink ins Glück des Einsseins mit der Grazie des Götterjünglings, wesenhaft und schön.

17. 7. 1998

In der Heimlichkeit des lieben, langen, süssen Schlummers deiner Züge lass Ich Mein Begleiten um dich wehn, und Meiner Neigung Niederkunft soll deines Wesens Ausgegossensein in sanfter Zärtlichkeit berühren. Was du in deinen Träumen sich erheben siehst, ist *Meines* Bildens An-dir-Hangen; was wie die reine Quelle in dir murmelt, rieselt, stösst - Mein Dich-mit-Liebenswürdigkeit-Bedenken.

Kein Hehl mach Ich aus Meinem Dich-Umleuchten, jede Schönheit des Erinnerns lass Ich allsogleich um deines Wesens Grazie fliessen, die die Meine ist im seinsgeschwisterlichen Zueinanderfügen. Leis und liebvoll leg Ich, was Ich Mir als Seinsgestalt ersinne, dir zur warmen Seite hin und belebe deines Fühlens Tasten mit dem Balsam Meines Liebesstroms. Lind von Güte gleit Ich über dich dahin, dich in die lautere Glückseligkeit zu wiegen.

Lächelst du wie eine Braut in Windes Armen, sind dir die Wonnen Meines Bei-dir-Weilens ins Gemüt gestiegen, wie der Duft des weissen Flieders in des Frühlings sonnenlichtem Tag. Geheimnis um Geheimnis sprudelt dir im Überfliessen ins gestaltende Gehör und lässt dich Melodienlieblichkeit erfinden.

So umwind Ich dich mit märchentraulichen Gespinsten und webe deiner Lieblichkeit das Kleid hauchdünnen Allbesehns, das Auge zu entzücken.

Erst in der Wiederkunft der Morgenrosenröte gleit Ich leisen Flugs hinan, in Mir die Röslein der Holdseligkeit zu zählen.

Du wirst, erwachend, Meines Daseins Düfte noch eratmen, wirst, eine Trunkne, nach Mir greifen wie nach einem Zauber, der dich eben noch betört, und deine Liebessehnsucht wird Mich bis zum letzten Ende Meines hochgewölbten Sternensaals verfolgen.

19. 7. 1998

Im Lande der Seligen, selige Zeit
Erkennen der Lieblichkeit herzfrohen Liebens
In reizendem Winden, Gefühle entbinden im
Freudensaal.

Nun trag ich dies Bild wie den Sommer im Blute,
und will dir so mild alles Traute und Gute
im ewigen Singen, Mein Du.

21. 7. 1998

Ich beschwöre deines Nahseins süsses Schauspiel in der stillen Mitternacht und verzärtle deines Wesens reizendes Phantom voll Inbrunst, voll Verlangen, dass es unter Meinen Händen wunderbar erglüht.

Behutsam küss Ich dich im sel'gen Aneinanderschmiegen; vom Zauber des Berührens wonniglich ergriffen, schenk Ich Meinem Zünglein Narrenfreiheit im vergnüglichen Spazierengehn.

O Trautheit in der trauten Kerzenschimmerlust-parade, o sagenhafter Selbstwert jeder noch so leisen Liebestat in der verlornen Liturgie des Fingerspiels. Es ist im Traum ein Wirklichkeit-Erträumen.

Jede Geste des Umfangens äussert Stil des liebevollen Sich-Verschenkens, jeder Tropfen Tau im Sich-Verschränken zweier Lippenpaare süsst des Blutes Wallen und versetzt den Taumel des Verliebtseins in die höchsten Höhn. Und ewig will er sich im Schwung der Unerschöpflichkeit erhalten.

Seelensanftmut löst die Glieder zur beschaulichen Vertrautheit in der Ruh und dämmert in holdseligem Behagen durch die Friedenszeit dahin.

Das Feenhafte zu entlassen, kostet wunderliche Müh im Hin und Wider der Gedanken, im Ein-letztes-Mal-den-Wünschen-ihren-Willen-Lassen, wie im endlichen Sich-aus-dem-Zauber-der-herzinnigen-Beglückung-Winden. Fern und nah und nah und fern sind sich die Wesen so im Schauen und erwünschen sich das Stillestehn der Zeit, dass sie den Liebesrausch uns nicht verderbe.

Bild um Bild verwandle Ich aus seligem Erinnern ins berückende Bestehn vor glanzerfüllten Augen. Zärtlichkeit um Zärtlichkeit enthüllt sich im Enthüllen des Vergangenen in liebelichten Träumen und vermehrt die Sehnsucht nach dem künftigen Sich-Geben in den Sinnkreis wundertätigen Beruhns.

Dies ist, du holde Seele, Meines Sinnens Inhalt in der nächtigen Daseinstraulichkeit, in der Ich dich mit Blüten überschütte unerschöpflich liebevoller Phantasie.

5. 8. 1998

Das soll nun kommen, dass die liebe, leichte Hand die Wange überfährt der holden Liebenswürdigkeit des Wesens, dem die Sehnsucht gilt, und das, die eigene zu stillen, sich dem sanften Zug der Zeit ergibt im Seelen-weinen.

Alles ist vergessen vor der Seligkeit des Nahseins im unnennbar süssen Aneinanderschmiegen. Keines Wortes fähig, nur den Gefühlen lauschen im allherrlichen Geborgensein, von dem so viele Lieder singen und er-zählen.

In dies Eine nur versinken, ohne nach dem Preis dafür zu fragen, will der Wille eines übergrossen Sehnens immerzu.

7. 8. 1998

Ein neuer Tag im Kleide der Verklärung. Des vollen Mondes Stehn in Lauterkeit und Ernst vor deinem Seelentor, dein Menschsein zu befragen. Was bist du dir im Grunde deiner Heimlichkeiten, was geschieht dir, wenn du wie das Lämmchen dich vor Meine Allnacht setzest und begreifst, dass Ich in reinem Glanz dahinter steh, dem Aug verborgen, doch der Seele offenbar zu unerschöpflichem Genügen. Wie kannst du anderes erhoffen, wenn dein Innesein erfüllt ist von der leis gefühlten Stimmung Meiner segnenden Natur. Indem Ich dich begreife, wesenseinig, greift dein Sehnen nimmermehr ins Leere einer Unwelt. Immer *Bin Ich* da und streu dir Blumen auf den Weglauf deines Dich-Verwandelns, immer weck Ich tiefre Kräfte noch in deiner Gründlichkeit im Schauen.

In dir nur jene Liebe lass Ich leben, die in Reinheit sich vollzieht vor Meinem Allerkennen. Weitrer Schwingen Flüge wirst du so in Meiner Weise tun in freuderfülltem Überwinden; wirkungsvoller wird sich die Gedankensaat, die du vertrauend in Mich legst, ins Blühn erheben.

Wispernd, raunend, knisternd wese Ich in deines Wesens wogender Wahrhaftigkeit und trau dir Meister-dinge zu im Dich-Entfalten. Ewiger Dinge Dialog geht aus und ein in deinem Dich-Begründen und erhellt, was du dir bist im Lichtglanz *Meiner* Gnaden. Redlichkeit und Würde will Ich dir verehren, wenn du lauschend dich in Meine Ehre schmiegst, Sicherheit des Seins dir mütterlich verleihen, wenn dein Wille sich vom Eigensein erhebt zu Meinen überwältigenden Auen.

Wie mit Milch aus tausend Brüsten zieh Ich Meine Kinder gross. Mein Verschwenden aus der Fülle lässt sie hoch im Freudentaumel sich erleben, dass sie leichten Herzens, wie die Sommervögelchen, von Kelch zu Kelchen nach dem Nektar der Erkenntnis schweben.

"Tauch in Meine Schöne", sag Ich dir, "und lass dich, von der Lebenslust beseligt, von Begeistrung zu Begeistrung tragen."

8. 8. 1998

Ich begleite deine Lebensschritte aus der Ferne Meiner Näh in unaufhörlichem Umrunden. Was du von dir hältst, ist immerzu in Meinen Halt gegeben überschauender Präsenz in wachem Gluten.

Mehre dein Verstehn, indem du, losgelöst vom tatendrängenden Rumoren, Meinem Strahlen dich ergibst, im Wunder des Gestilltseins in der Stille Meiner Harmonie. Ich führe dich dahin, wo lichte Seligkeit dein Herz erfüllt im seligen Tauschen. Ich wandle deinen Wandel ins Erhabene der Sphären Meiner Seins-geborgenheit und heb dich wie auf Flügeln himmelan in rauschendem Entführen.

Wo du dich verletztest, heil Ich dein Befinden in der Ruhe reinen Selbstgewahrens, wo du ausglittst, halt Ich deine Hand im engelhaften Schutz des In-dir-gegen-wärtig-Seins in allen Lagen.

Recke dich in Meinem Garten wie die Weide in den Sonnensegen, der dich überströmt, weide dich am Einfall Meiner Lichtkaskaden, die von Meiner Güte Zeichen sind.

Willst du schwimmen, such dir einen Stern am nächtigen Gewölbe, dich zu Mir zu leiten in verwegnem Zielen; willst du aus dir selber gehn, Bin Ich bereit, dich in Mein Seien aufzunehmen, ohne Vorbehalt und Tücken. Trauen sollst du Mir, wie man der Muttersorge sich vertraut in kindlichem Behagen; hören sollst du auf Mein Wort in ständigem Dem-Lärmen-dich-Entziehn in aberhundert Variationen.

Spür das Gute, das Ich in dich lege. Lass dich leis berühren von der Gunst der Stunde, die Ich dir vergeb im wogenden Beglücken.

Wie die Sonne zieh Ich dir das lichte Kleid der strahlenden All-Liebe an, im reinen Mich-Verschenken an die Wesen der Natur, sie Meinem Sein zu übergeben. Lass es zu, dass Ich dich so mit Sängen des Entzückens meisterlich verseh.

9. 8. 1998

Weidenzart gebogen heb Ich dich zu Mir ins unendliche Wogen. Wie die gütevolle Mondlaterne steh Ich über deiner Seelensehnsucht und bereite dir das Fest der grandiosen Stille in der nachtverdämmernden Natur. Zur Silhouette wird der Kreis der Berge, Hügel, Bäume, Tiere im entblauenden Azur, zu reinem Ebenmass der Seele Seinsempfinden in der Fülle dessen, was Ich in dir Bin, in Lauterkeit und leis erschütterndem Mich-dir-Ergeben.

Die Stimmung transzendiert ins Ewige, in der Ich dich in Mein Befinden gleiten lasse segnender Barmherzigkeit, wie in die Weiten eines daunenweichen Schwingenpaars. Die Bande lösen sich des Erdenzugs und lassen deine Seele in die Seligkeit des Seins entschweben.

Reisest du im Nachen Meiner Königin der Nacht im Brautgeschmeide ihres schimmernden Erscheinens? Gleitest du in namenloser Sorgenlosigkeit dahin, die Meere und die Menschentäler zu beglänzen? Dich begleitend überschwebt Mein Sein das sanft gerundete Gewölb der Erdnatur in wundertätigem Begaben.

Hehren Reichtum reich Ich dir ins Herz des liebevollen Meine-Einsamkeit-Betrachtens in der Einheit aller Dinge, die Ich seiend in Mir selbst belebe. Schauend überschau Ich Mein Gewalten im Gewebe einer Kleinwelt, die Ich Mir in deinem Wesenszug errang. Nur, dass Ich Mich in dir erkenne, treib Ich des Erkennens Blüten in dein staunendes Gewissen. Nur in deinem Seinserhobensein verbreitet sich der wahren Seligkeit Geflüster in den Abergründen Meiner Kür.

Im Allertragen trag Ich dich von hinnen durch die Tag und Nächte deines janussichtigen Strebens in die Tiefen Meiner Höh, wo Ich im Sagenhaften throne und des Seins Begaben koste, mild und wunderbar.

Du bist das Pfand, in dem Ich Mich zu Mir erhebe, wenn du rechtens dich erhebst ins Leuchten der Allherrlichkeit allüberall, wo du dich lauschend findest seliglich in Mir.

11. 8. 1998

Ich stelle dich auf deines blanken, weissen Füsschens zierliches Podest im Augenblick des Posens, dass du Mir erstarrte Schönheit bist, bevor du wieder dich ins Leben schmiegst und windest wie die schlanke Biegsamkeit der Weiden.

Was ist wohl mehr zu schätzen: Verweilen oder Tun, Halten oder Fahrenlassen eines lieblichen Moments im traulichen Begegnen?

Ewig kreisen, ewig aus sich selber gehn gebiert die Sehnsucht nach Geborgenheit im Wunder der All-Einheit, in die Ich Mich in allen Wesen zieh. So bist du auf dem Wege zu erkennen, dass du ewig bist bewegt und ruhend, fest und seidenweich verfliessend, selig in der Stille unnennbaren Herzensfriedens.

Alles ist so gut in Meiner Güte, wenn du Meines Schauens stillen Glanz gewahrst in azurblauen Augen.

Alles hebt dich himmelan, was aus der Geste ungeteilter Grösse dich berührt, mit der Ich dir das Wesen Meines Inneseins erzeige. Ganz Anmut bist du, ganz Gesegnete des Augenblicks, wenn du im Anschaun dich verlierst des Märchenwelterscheinens. Zug um Zug gerätst du ins Entzücken ob dem Liebelicht, das dich umflort in Sphären reiner Traulichkeit, in die Ich dich entführe. Lass dies gut sein immerdar in deinem Dich-Bewegen, und verlass Mich nicht, indem du selber dich verlässest, fallend aus dem paradiesischen Gefühl. Meine Weiten sind die Weiten eines Segelschiffchens auf dem Ozean. Mein Empfinden ist Unendlichkeit, mit der Ich dich voll Zartheit schlückchenweise begabe. Deinem Sommer setz Ich Würze zu des Wohlseins aus der Wucht massloser Wärme, die Ich in die Räumlichkeit verströme; in deinem Dich-in-Wonne-an-der-Sonne-Räkeln setze Ich Allfreundlichkeit in Szene, die sich im Lächeln offenbart des freudenreichen Sommertags.

Willst du das? Und willst du, dass Ich Mich in deinem Sein aufs Allertrefflichste vollende?

12.8.1998

Die Blume Schönheit im Erblühn des tausendfältigen Verspielens. Zärtlichkeit des nie versiegenden Geduldens. In Sehnsucht weinen nach dem ebenbildlichen Berühren.

Wie die süsse Laute klingt das Herz dem neuen Tag entgegen, strömt Gesänge lautrer Liebe deinem zu in wundertätigem Beseelen.

15. 8. 1998

Eine Regung leisen Wehs begleitet das Gestilltsein in der Stille Meines Seinsprofils, wenn Ich dich wie in Träumen vor dir selber finde, suchend deines Wegs geheimnisvolles Winden; Weh, weil Ich Mich selber suche noch in dir in Schritten des geduldigen Gedeihens.

Wahrhaft nichts mehr sein im eigenen Bedeuten sollst du, dass *Ich* Mir in deines Wesens Zug Bedeuten zugestehen kann. So einfach und so voller Winkelzüge ist dies Unterfangen, dass sich eine Menschheit wie im Taumel wälzt im eigenen Versagen.

Komm und blüh im Unrat, der dich tränken mag, nutze jede noch so flüchtige Gelegenheit zum Seinsverwandeln, wache, fleh den Himmel an und sei des Augenblicks Genosse im beseligenden Tun.

Dann lass Ich vor dem Schauen deiner Inbrunst Meine Sterne tanzen, überschüttend dich mit Zärtlichkeit und Wohlbefinden, das sich einem Flaumgefieder gleich um deine Seele breitet.

Leis und liebvoll hüt Ich deines Daseins hingebettete Figur und lass die Fühler Meines Trautseins sachte dich umschweben. Was du lauschend dir erspürst, spür Ich im selben Zuge auch in Mir, der Seligkeit dahingegeben.

Weide dich an dem, was dich von Mir durchströmt im Nahsein der Vergänglichkeit sowie im unvergänglichen Dich-allezeit-Verwöhnen.

Wo du zauderst, ist *Mein* Leitvers tief in deines Herzbluts Widerspenstigkeit geschrieben. Mein Befreien lässt die Leinen los, die dich an Dinge des Begehrens banden, und versetzt dich ins Bewusstsein Meines Alldurchwehns.

Füge selber dir die Lebenslustigkeit ins meisterhafte Mir-Gehorchen; sammle deine Wasser und geleit ihr Fliessen in die Unermesslichkeiten Meines Seins, allwo dich Meine Stürme, wie Mein Säuseln, laben, und die Gründe Meines Herzseins dich zutiefst verstehn.

16. 8. 1998

Was Ich nun sagen will, verkündet dir ein guter Engel in den Phasen deines Sehnens, leichthin dich berührend, wesenhaft und wahr. Sein Wort bedeutet dir, was in den Räumen west, die *Ich* Mir ausgesonnen, der Tonfall seiner Stimme hüllt dich wie Musik in einen Zauber ein, dem du dich vollends hingibst, ohne nach dem Wie zu fragen.

Durchrieselt er dich wie das Mondennachtarom, verfällst du in Entzücken, weil die Stimmung gar so süss, so lieblich und so liebesabenteuerlich dein Herz betört, dass alle deine Sinne, wach und reif, nach über- bordendem Erfüllen streben.

Ereignet sich dann wirklich, was du sehnend dir ersehnst, gewährt dir *eine* Stunde der Natürlichkeit mehr goldnes Glück, als Jahre kunterbunten Lebens dir gewähren konnten.

Schau Ich dich so an, erklär Ich Mir an deines Herzens Stelle das Geheimnis deiner Flüge in die Höhen reiner Seligkeit, in denen in Vollendung sich erfüllt, was immer nur im wartenden Gesumme in der Unrast deiner Brunst gewesen. Denn nun ist alles da, was in Gedanken- leichte dich umschwebt, den Augenblick zu feiern.

Einer Harfe wiegendes Erklingen ist in ebensolcher Nähe, wie die Sanftmut des Geliebten, der dich liebevoll vom Haupte zu den Gliedern überfährt, dir Kraft zu spenden. Nenne Mir ein Glück, das diesem gleicht, und nenne Mir die Sehnsucht, die sich allsogleich nach neuen Zärtlichkeiten reckt, die diese übersteigt in noch dezenterem Pastell des Glückempfindens.

Ohne Liebe ist die Erde fahl und formlos; schal und frostig ist das Leben ohne sie. Doch trifft sie dich, willst du ihr allsogleich entfliehn; denn ihre Stösse, glaubst du, möchten dir das Herz zerreissen, ihre Niederkunft dich treffen wie des Blitzes Strahl.

Dass du an ihr verglühst, ist wirklich ebenso, wie dass du an ihr wachsest wie der Rosenstock im Sommersonnenstrahl. Doch bring sie immerzu vor *Meines* Angesichtes Leuchten, halt sie ohne Fehl und Flimmern, dass sie reinen Strömens Innen- dir und

Aussenwelt erfreut und im Vollenden deiner Züge
Wonne sät ins Allsein Meines majestätischen Gehabens,
das dich allezeit umfängt und ehrt und ruft im
überwältigenden Widerhall der Zeiten.

16.8.1998

Eines Herzens Seligkeit will sich ins Abenddämmerlicht
verbreiten in so seeleninnigem Gesang, dass ihm sogar
die Blumenkelche in den Gärten lauschen.

Wie dieser Sonnensommertag voll Wärme, gleit ich
still durchs Zeitliche dahin in meinen Träumen, und
übergleite wieder, was du traut und traulich bist in
unaufhörlichem Beglücken. Wie tief ins Paradiesische
hinein gewandert sind die Zärtlichen in ihrem Sich-
Vergeben. Wie sanfter Weise sind sie sich zum Inbegriff
des Seinserfülltseins in der Zeit geworden, in der
seidenweichen Näh.

17. 8. 1998

Sommersonnenwärme lass Ich strömen in dein Herz aus
übervollem Mass an Zärtlichkeiten, die Ich für dich hege.
Von den Lippen Meiner Freundlichkeit fliesst, reizender
als Rebensaft, voll Inbrunst das Bekenntnis Meiner Liebe
zu den deinen. Im Taumel blühender Glückseligkeit
umfang Ich deines Wesens Schöngestalt mit allem, was
Ich Bin, und bade dich im Teich der Wonne, den Ich in
der Liebeslust vor deinem Hingegossensein verbreite.
Kein Lüftchen regt sich, keines Lauts Empfinden dringt
ins Ohr im Hochgemach der gleitenden Geschicklichkeit,
der sich die Trauten liebevoll bedienen.

O holdes Paar, wie schau Ich dich im Wohlgewissen
Meines Daseins innig an, und gebe Mich gelösten
Willens ins entzückende Vereinen.

Ewig munter sind die Triebe ewigen Umarmens, unnennbare Süsse wohnt im Blut, und leitet es und weitet es zur Fülle in den hoch sensiblen Gliedern. Nie hat die Seelenseligkeit so mild, so liebevoll geklungen, wie in dieser heilgewordnen Zeit, wo alles sich zur Blüte der Vollendung stilisierte, und die daunenweich gewordenen Gedanken ineinander sich verloren zur Alleinigkeit des Tuns im wunderbaren Gleichklang der verschenkten Herzlichkeiten. Dankbarkeit für soviel Lieblichkeit und Freude mischt sich in die Sanftmut der Gebärden. Wachsamkeit bewegt die Zügel zum erreichten Mass der Dinge, die im leisen Fluss der Zeit im Liebesraum geschehn.

Es ist ein Schweben und Erleben rosenblühender Gefühle in der Sanftmut liebelichten Herzenswogens. Ein Bewegen und Erheben und ein hingebettetes Beruhn im Frieden der Behutsamkeit, die allem innewohnt im hütenden Begaben.

Weihung ans Unendliche gewähr Ich solcher Tugend, und verkünde Redlichkeit des Weilens im holdselig lächelnden Begegnen der Verliebten in den Sphären Meiner des Elysiums.

7

Ohne Hast der Zeit

Hier *Bin Ich* Meines Willens froh in unabänderlichem Selbstgenügen. Ohne Makel, ohne Hast der Zeit begleit Ich Meines Seins Gewahren in vollendeter Genügsamkeit im selig Weilen. Reglos reg Ich Meisterdinge an in wunderwirkendem Begaben und verstrahle Meines Lichtes Strahl in alle Fernen Meines raumgewinnenden Gewissens.

Deiner Züge Bin Ich Mir bewusst, indem Ich deines Wesens Innigkeit mit Meinem Sein erfülle; deiner Sehnsucht Bitten fühl ich so in Meinem eignen Sinnkreis und gewähre dir und Mir Erfüllen in bezaubernster Manier.

Siehst du Freundlichkeit vor dir erscheinen, blüht dein Herz von *Meines* Lächelns Wohlgeraten. In des Freundes Sanftmut leg *Ich* Mich zu dir und gewähre dir dabei die allerhöchsten Freuden.

Trag in Andacht dies Erkennen vor dich hin, und ehre es und mehre es, indem du deine Eigenheit vergissest vor der unvergleichlichen Gebärde Meines Hierseins wesenhaft in dir. In beständigem Vergeben gleich Ich dich Mir an und hebe dich, belebe dich voll Güte Meinem Freisein zu im Bewusstseinsreich der Seligen.

Deiner Blüte reich Ich Meines Blühens ewiges Gelispel; deines Lächelns liebenwürdiges Vollenden Bin Ich in den Sorgenlosigkeiten deines Dich-Verstehns. Du holde, reine, feine Hüterin der Anmut weihst dich Mir in deinen innersten Bezügen, wenn du deine Wesenwelt umfängst mit liebevollen Armen. Ja, versinne dich in sie und Mich im selben Zuge und vermehre Mein glückseliges Entbinden.

Über alle Welten hin dir Meine Hand zu reichen, ist Mein paradiesisches Erlangen, dir gut zu sein in jeder Faser Meines Dich-Erkennens, Meine Wonne in dem wunderschönen Spiel.

Behüten will Ich dich allzeit in Meiner Schwingen köstlichem Gefieder und dein Wohlsein unverwandt vermehren in so gottgefälligem Stil, dass du dich im vollendeten Geborgensein erfühlst, das von Mir ausgeht und zu Mir zurückwallt mit den Lieben Meines Einsseins in Allweiten, wunderbarerweis und wahr.

19. 8. 1998

Gelingt es dir, dich frei zu machen von der Gier, dich selbst zu sein, befällt dich wilde Freude des Bewusstseins, dass du Bist das Sein im Unverwandelbaren. Jeder Sorge bar, bewegst du dich wie eine, die dazu erlöst ist, frei im All zu schweben; jeden Glückes teilhaft, das die Göttlichen vergeben, spürst du deines Freiseins Zug im wunderbaren Dich-Erheben.

So vollenden sich die Zeiten deines Schreitens ins gelobte Land des Seiens auch in dir, so darf Ich dich bei Mir empfangen als verlorne Tochter, als verlornen Sohn, die ihrer Väter Heimat wieder fanden.

Ahnst du, welche Festlichkeit sich da erhebt, begreifst du das Entzücken, das die Wesen rings durchströmt, wenn eines von den ihren sich im Reinen findet ihrer Himmelspoesie? Wie traulich und wie leicht und selbstverständlich ist dann alles, wenn die Helle des Bewusstseins siegt, und das Geborgensein im Unermesslichen Triumph ist des geläuterten Gefühls.

Schon hab Ich dich bezeichnet mit dem Siegel der Getauften Meiner Lichtkaskaden. Schon trau Ich dir den Sprung ins Weite Meiner Unergründlichkeiten zu, in denen Ich dich so beglücke, wie die Liebenden es tun im allerersten Sich-Umfangen.

Woge, walle, sehn' dich Mir entgegen allezeit in deines Lebens wunderlichem Blauen. Weise jeden Schritt zu *Meiner* Weisung, bis du still und satt von Seligkeit an Meiner Innigkeit vergehst im Andersartigen.

Bist du allem freundlich, darf Ich deines Wesens Süsse wie ein lieber Freund umfangen, der dich ach so sanfter Weis zum Lager der Verheissung führt unsäglicher Liebesfreuden.

Dein Besinnen darf sich ganz in Meines schmiegen wundervoller Harmonie und sich ergötzen an der Pracht der all so feinen Sinnenfreudigkeit, die Ich vor dir entfalte.

Schau begeistert auf dein Los und lass die Seele in der Andacht der Vertrautheit immerzu das Sein erleben.

20. 8. 1998

Ich verbinde deiner Gegenwart Gefüge mit den Himmelsauen, auf denen du schon sanften Trittes gehst, geheimnisvoll im Vielgestaltigen deiner Züge. Das lässt dich mählich, im Erkennen, deiner Gründe wunderwirkendes Getriebe sehn, den Puls der Dinge deines Lebenswogens und die Adern, die zu Meinem Herzen gehn im Unergründlichen. Wie sonst vermöchte so viel Unerklärliches sich in der Welt zu zeigen, wie könnte nur ein Eichenblatt entstehn, wenn Meine Kräfte nicht in ihm das Urgedankenbildnis Meines Schöpferwillens offenbarten.

So auch in dir verwirklicht sich, was Ich Mir Bin, indem Ich dich mit Meinem Bild begnade. In die Stille lauschend, wirst du Meiner Pläne inne werden und gewinnst Vertrauen in dein Sein, das Meins ist bis zur letzten Fiber deiner Dinglichkeit im Zeitlichen.

Begreifst du nun, dass Ich in jedem der Geschöpfe Einheit Bin des Lebens, dass jedes Dir-Begegnen *Meine* Züge offenbart, und ists ein Mensch besondrer Prägung, mag ein feines Gottesschauern dich umwehn. Es mag dich Meine Schwinge streifen offenbar, wenn eine nie gekannte Geste dich erweckt zu überirdischem Erkennen; eine neue Welt vor deinem Schauen mag erblühn in wunderbarer Klarheit der Gestalten. Deines Fühlens

Inhalt wird mit Zauberkraft belebt des seligen Erinnerns an den Ursprung deines Daseins, der Ich Bin im Werden und Vollenden, in der Akribie des Augenblicks im Ewigen, und in der Zucht, die Ich Mir im beständigen Höhwärtsschreiten auferlege.

Walte *Ich* in dir, so wall Ich Güte ins Gestalten; bind Ich dich ans Leben, ist die Liebe mit im Spiel, die alles Angestrengte überstrahlt. So darfst du Mir getrost ins Allerhabne folgen, darfst dein Gewissens Unerfahrenheit in Meiner Gründe Weisheit legen, und dich wohlgeborgen fühlen in der Fülle Meines Strahls von Licht und Kraft und dräuender Gerechtigkeit in seinsbeseligendem Rauschen.

21. 8. 1998

Ich leg dir eine Prozession von guten Gaben vors Angesicht, geliebtes Du, indem Ich aus der seligsten Gestilltheit dich bedenke. Was alles Mich bewegt, soll so auch dich bewegen; was Meiner Räume Reich an Kostbarkeiten birgt, soll deinen allverschwenderisch im Zuge des Verschenkens sich vereinen.

Wie kann es kommen, dass Ich dich so sehr mit Meiner Herzlichkeit begabe? Wo knüpfen sich die Fäden wie von selbst zur unauslöschlichen Textur, wenn nicht im Feld der Einheit aller Dinge in der Pracht des Welterscheinens?

Eines Wesens Wirklichkeit zu sein und es zu wissen, ist dir aufgegeben auf der Lebensbahn. Handeln als Erkennende im Kreis der auserlesnen Seelen, sei dein Ziel

Vorbei das Suchen nach Gewissheit, wenn du schauend dich erkanntest wesenhaft in Mir; vorbei das Zögern, wo sich deines Schreitens Ebenmass dem Meinen unerschütterlich vermählte. Wie die Sonne sollst du selbst in Meinem unermessnen Lichte stehn.

Trägst du Vollendung in den Zügen, ist es Meine, die sich unvermittelt offenbart in reiner Schöne des Gebarens. Öffnet sich dein Herz, so lass Ich selber Mich die eigne Heimlichkeit gewahren.

Wie die Sterne sich im Namenlosen still umkreisen, so umkreis Ich Mich im menschlichen Revier. Sehnsuchtsvoll ist alles, was sich findet und umhegt in Meiner Güte; von Lieblichkeit geprägt das Wirken zweier Wesen, die im zärtlichen Begegnen ihre Wunderkreise ziehn.

Wann ziehn sie sich zurück zu Mir ins allerschütternde Vereinen? Jetzt und immerdar ist Augenblick der Offenbarung Meiner Herrlichkeit im Weistum des Beglückens, im Berühren und Verstehn, im Aufblühn und Gesunden, in der Wiederkunft der Wonne, wie im alldurchflutenden Agens des Seinserstrahlens.

22. 8. 1998

In deines Hin und Hers Geneigtheit *Bin Ich* dir die Herzensruh, in deinem Zaudern Halt, und in den ärgsten Nöten - deines Hoffens Lichtlein, das dich nicht verzagen lässt an dir.

Dein Wünschen reisst dein Denken, so als wärs an viele Hunde angeleint, im Ringeltanz dahin. Da heiss Ich dich die Leinen loszulassen und das Eine, Feine nur zu sehn, das dir von Mir entgegenströmt in wunderbarem Dich-Befrieden.

Du staunst, da *Ich* nun alles Bin in dir, die Welt mit neuen, grossen Augen an und fassest sie in eins zusammen einer unermessnen Harmonie. Im Bund der Sterne siehst du Meines Herzens ebenmässiges Sich-Verklingen; ihres Kreisens Wohllaut bündelt sich zum Wallen einer allgebornen Lebenssinfonie, die sich selbst belauscht im Glück der Seinserhobenen, die sich an ihrem Da-Sein laben.

Weilst du ganz in Mir, sind alle Stürme wie verflogen, weisst du dich von Meiner Schwingen Lichtheit mild umfangen, atmest du die reine Seligkeit des Seins in freudevollen Zügen.

Von Mir geliebt sein heisst, den Duft verspüren ewigen Genügens. Von Meiner Freundlichkeit zu zehren, ist wie Kosten einer Himmelsspeise, die den Wohlgeruch des Nektars weithin überwiegt.

So kommst du in Mir augenblicks zu hohen Ehren, wenn du nur dich selbst vergissest und die Winde Meiner Güte lässest wehn. Ich labe dich, Ich trage dich zu allen Ufern der Barmherzigkeit, wo du wie unter Palmen in des Weilens Süsse Meinen Hauch empfängst beseligender Gnaden.

Weih dich Mir und *sei*, und feire die Geburt des Ewigen in dir im makellosen Auferstehn.

In den Sphären Meiner Ruh lass dich vom Allbewusstsein liebelicht umwinden, ureins mit Mir in nie verebbendem Behagen.

23. 8. 1998

Mein Herz, eine Stätte der Sehnsucht. Schweren Atems lebt sichs so dahin im wartenden Bewähren. Bald wird Entzücken vor der Seele sich verbreiten, und unsre Dinge mischen sich ins grosse Wohl der Seinsgeschwisterschaft, der wir anheimgegeben.

Wo sind die Herzenstränen dann, das Langen, wenn die Liebesfreuden uns durchrieseln und die reine Lust am Da-Sein uns durchfährt?

Mit keinem König wollten wir dann tauschen, derweil wir schwimmen in der Traulichkeit beseligender Ruh.

Wie die Amme eines Kindchens Dürsten, nähre Ich dein Sein ohn' Unterlass mit strömender Lebendigkeit im Dich-Erlaben. Vollends geborgen bist du so in Mir und hast in deinem Schreiten nicht das Mindeste zu fürchten. Klarheit der Gedanken, Heiterkeit des Himmels, wundervolle Lösungen gewähr Ich dir in noch so ränkevollen Szenen deiner Lebenshistorie. Nur, dass du Mir zutiefst vertraust in jeder Lage und Mich nicht binden möchtest an die Starrheit deiner eigensinnigen Pläne. Wirf dich in den Plan von *Meinen* Gnaden und entdecke, welche Schönheit darin liegt, dich ganz ihm hinzugeben. *Ich* spinne dann das Garn in deiner Finger Emsigkeit, verleihend Färbung ihm nach Meines Werdens Ziel; du brauchst es nur geschickt und warm von Feingefühl zu führen.

Schau, Ich Bin dir innig nah in jeder Phase deines Dich-Verwandelns. Deiner Züge Lächeln spricht Mich wie die lautre Schönheit an, und dein Betrübtsein hängt wie Wolken vor der Blüte deines Wesens. Stille sei, und lass die Trübnis flugs von Mir verscheuchen, dass die Reinheit dich im Siege ehrt, den du in Mir davongetragen. Wache wie Ich wache, um dein Wohl, und nimm in Meiner Leichtigkeit die Hürden deiner langgestreckten Bahn; Ich will dir jeden Sprung mit Meiner Jugendkraft versüssen.

Fühl dich allezeit mit Mir in eins verschlungen, feiner als die Zärtlichen sich das Verschlungensein gewähren, denn Ich lass dich allzeit frei wies Vöglein fliegen auf des Friedens seliger Spur.

Sei im Kleinen wie im Grossen deines Daseins froh und deines Seelenseins bewusst im Überirdischen. Wie eines starken Baumes Wesen steh im Erdreich und im himmlischen Revier und wachse, strebe, lebe, webe ohne Furcht und Tadel Meiner unermessnen Lichtheit hoffnungsvoll entgegen.

31. 8. 1998

In leisen Fiebern, Schauern, dämpfendem Unwohlsein
noch eben, und nun die Tiefe überwunden; deinen lieben
Brief ins Herz genommen und befreit vom leidigen Weh.
   Wohin, wenn nicht zu dir voll zärtlicher Gedanken;
das Fernsein regt die Sehnsucht an, wie auch die Näh und
lässt die Seele leise in sich wanken.
   Nur, dass sie sich im Sein ergreift, und zu sich selber
findet in der Sicherheit der Ruh, soll sich ereignen, aus
gutem Willen in der Herzensandacht, die als feingefühlte
Flamme über allem steht.

3. 9. 1998

So feiere denn deine Tage wie eine, die geschaut hat, was
dahinter steht im stillen Wehn der Götterharmonie.
   Geniesse deiner Sendung Ziel aus dem Erkennen des
Beständigen, das dich ins Leben führt, und in ihm zum
holdseligen Vollbringen.
   Sorglos wie ein Vögelein fass dich in eins zusammen
und beseh das Heile deiner Welt im Wunder wunderbaren Blühns.

6. 9. 1998

Eine Woge reinen Mitgefühls versieht sich deiner
Gründe, dich im Leben arg bedrängt zu fühlen, und
enthebt sie ihrer Kraft im Schwunge überirdischen
Gewährens. Zuversicht im Ringen um die höchsten
Dinge trage Ich dir an und benedeie, was du bist, in
deinem Streben. So du dich Mir vertraust, wird niemand
dir auch nur ein Härchen krümmen deines Seelenseins in
Meinen Räumen; wenn du gelassen deiner Pflicht
obliegst, verbreitet sich der Klang der Sicherheit in
deinen Fibern, und die Freude folgt ihr auf dem Fuss.

18. 9. 1998

Wie reimen sich Gedanken auf Violett und Grün, auf Trauer, Weisheit, Hoffnung in der Seelenliturgie? Sie wollen dich umfangen im Vergessen dieser Zeit wie im seligen Erlangen der lächelnden Glückseligkeit.

Mein Herz verplaudert sich in seinen Wehn; die Ströme, die es sendet, sind von Licht ein Ausersehn, das liebvoll bei dir endet.

Ein Morgen ohne gross Bewegen, doch ein gross bewegtes Sehnen nach dem Ruhn in Heiterkeit und himmlischem Befrieden.

20. 9. 1998

In die blaue Weite weitet sich mein Sinn, in die Länge und die Breite, weit darüber hin.

Tschu, tschu, tschu, es wallet eines Bähnleins Drang, was mir so gefallet, unter Lachen und Gesang, zu des Südens Sonne Strahlen, wo ich Freud und Wonnesein im Herzen find, und verträumte Stunden, die mir endlich sind, tiefinniges Gesunden im beschwingten Sommerwind.

9. 10. 1998

Das Reine, Heile zu erleben
in des Tages Freudenwehn
welche Wonne, welcher Segen
welches Alle-Welt-Verstehn

Himmelbläue zu ergründen
nach so lang erlittnem Grau
muss in Herzensjubel münden
mitten auf der grünen Au

109

Und du beugst dich, aufzuheben
eines roten Apfels Pracht
der im herbstgestimmten Weben
deinem Aug entgegenlacht

10. 10. 1998

Ein liebes, helles Grün sei deinem Schauen hingegeben,
zum Zeichen einer fein gefühlten Sehnsucht, die sich leis
von mir zu dir verwallt ins Wundervolle deiner Sphären.
Alles ist so reich und gut in dem, was wir uns hier
bedeuten, alles atmet Frieden und bewegt uns doch so
sehr, dass wir uns kaum zu lassen wissen in der Seligkeit
des seligen Umfangens im Geheimnis der Natur.
Trautheit, Wohlverstehn und das ins Uferlose Sich-
Verzärteln, geben uns dem wahren, heitern Leben
wundertätig hin. Wie reine, reizende, geschmeidige
Blüten pflücken wir uns Küsse von den Lippen und
tränken unser Innesein bedächtig mit dem unnachahmlichen Geriesel purer Lust, von der wir uns so reich,
so zart, so zauberhaft berauschen und beseligen lassen.

Im Gewimmel vieler Taten scheint in diesem Augenblick nur diese wahrhaft lebenswert, erstrebenswert und
schön. Wozu denn sollten wir noch ohne die so
wundervolle Süsse des Empfindens leben, Hauch um
Hauch des glüh'nden Atems, Saft um Saft im listen-
reichen Zungenspiel uns liebevoll vergeben.

Lächelnd überleg ich dies und sende dir den Trost der
bilderhaften Zeilen, die dir das so Köstliche voll Grazie
vor Herz und Augen führen. Lass es gut sein, dir und
deinem Schweben durch die ränkevolle Zeit, bis wieder
uns der Liebestaumel einholt im holdseligen Umfangen.

11. 10. 1998

Wie süss die Lippen, süss und wechselnd im Parfum. Wie
reich die Träume, die im Ruhn wie Silberdünste sich

erheben und aus Traulichkeit und Liebenswürdigkeit bestehn. Die Saiten des Empfindens klingen in den feinsten Tönen, und die gleitende Besinnlichkeit der Fingerbeeren streichelt wie der laue Sommerwind das Blut und lässt es all so wohlgefällig durch die Adern fliessen.

Stillung in der Stille einer Sehnsucht, die sich nimmer stillen lassen will, denn, was die Sinne sich erzählen, sind Geschichten ohne Mass und Ziel.

So schön - und nur die letzte denn vermeiden, dass der Taumel reizender Glückseligkeit nie ende, nie sich beugt dem Zeitlichen, das draussen an der Schwelle warten muss, bis endlich die Erwählten lächelnd wieder die gewohnte Lebenswelt betreten.

16. 10. 1998

Süsses Weh im Herzen. Jede Zeile ein Guss Öl ins Feuer. Niemandsland für Denker. Paradies fürs lodernde Gefühl.

Dem Büchlein deine Sorge angedeihen lassen, wirst du, liebevoll und wahr. Ich hüte und behüte dich. Leb wohl.

18. 10. 1998

Wissen um wie viel? Um eines Herzens sehnendes Geflüster, tagein, tagaus; um ein nie endendes Gedankenschaben, im Kreis, im Trott der faden Stunden, ohne Ausweg, schneiend Schnee ins Träumen, stochernd in der angesetzten Glut.

Bewahre dich, verwahre dich in diesem Karussell der Lieblichkeiten. Aufersteh ins Sein des seienden Verklärens und wende jede Not ins Wohlgefühl des ruhenden Besinnens, ins Vertrautsein mit dir selbst, und ohne Wanken auf gefährlich schmalem Pfad.

Ich halte dich und reich dir Sinn zu Sinn im Reichtum
des Gewissens, *Meiner* Gründe Grund zu spüren.

23. 10. 1998

So rein, so stark, so überwältigend das Sehnen im
Seelenaugenblick, vereint mit deinem; kein Gedanke
mehr als dieser, will mir keimen: Ins Königreich der
Zärtlichkeit uns tragen, licht und schön.

Ich benedeie deine Lippen, dass sie mir so traulich
sind, ein säftevolles Paar von Früchten der Natur, das sich
gewandt an meines schmiegt, um Seelenseligkeit zu
zeugen.

Mach es bald wahr, o Leben, und berausch uns mit
dem Nektar sinnenfroher Liebenswürdigkeit im himmel-
jauchzenden Vereinen.

26. 10. 1998

Eine Ewigkeit kann nicht mit einem Windhauch
abgegolten werden; ein Sehnsuchtsmeer - mit einer Kelle
löffelt mans nicht aus; doch über ihm, von allem
unberührt, die Strahlensterne kreisen.

Allegorie der Schönheit unsres Seins in Liebelicht
und Weh; Bild des geheimnisvollen Gartens, der uns zum
Wandern ist beschieden.

Begreife du das Glück, das Ich getreu in dir belebe,
verwandle, was du siehst, in Andacht vor dem Wunderbaren, das dahinter webt und west und deines Wallens
Ziel ist, unverloren.

Meiner Schwingen namenlose Sanftmut hüllt dich
liebend ein im lichten Schweben.

8

Des Daseins Wechselspiel

Das Natürliche in Übereinkunft mit dem Sein zu bringen, ist der Menschenwesen hehres Ziel. Die Sehnsucht zu bereinigen im Mass, das sie sich auferlegen, ist ihr Weg zur Grösse in des Daseins Wechselspiel.

Das Holde und Glückselige ist schon in uns geboren, schlummernd noch, wir brauchens nur zu nähren.

Komm, reich Mir deine Hand: Ich les aus ihr den guten Willen, der dich still und treu begleitet auf der Wanderschaft zur Höh.

Ich schütze dich von Tag zu Tag, von Rund zu Runde, die du gehst, und stärke dich mit Tau vom Wunderbaren.

30. 10. 1998

So reich, so rund, so perlenschön. Ja, dieser Gnade würdig sein, im Leben einen Kreis zu ziehn, Beginn und Ende zu so wundervoller Harmonie zu fügen, dass kein Rest bleibt eines Nicht-Gekonnten, oder eines Schon-Zuviels. Wann darf die Seele jubeln, wenn nicht hier, wo eine Kunst aus Zartheit sich erhebt, und uns die Blüte jeden Augenblicks das Menschensein verklärt, dem wir uns vollends hingegeben.

Nimm es als Huldigung an deine Seele und als ein Zeichen namenloser Sehnsucht nach Verzärtelung in leisem Weh.

31. 10. 1998

Aus der Verschwendung eines Seelenaugenblicks enthüll Ich dir ein Licht aus Meinen Gründen, das wie die ewige Glückseligkeit bezaubernd vor sich hin den Raum erleuchtet einer nie gestörten, wundervollen Harmonie.

Ich hüll dich ein in dieses Leuchten und bewahre dich in ihm so sorglich, zärtlich, sanft und liebevoll, dass du dich wie in Träumen der Holdseligkeit in deinem Wesen leise wiegst und deiner Ahnung - Fülle des Vollendens zuerkennst im Jauchzen.

Sing und spring mit Mir in wundervolle Höhen des Bewusstseins und sei immerzu ein Sinnbild sonnenklarer Heiterkeit im Blauen.

7. 11. 1998

Wie mausert sich der Mensch zu dem, was er am Ende gelten soll in gloriosen Zügen? Wie scheu und wieder kunstvoll macht er tappende Versuche, eine Lebenswelt der stillen Übereinkunft aufzubauen und zu nähren mit dem Wundermass der Freiheit in den feinsten, zärtlichsten Bezügen?

Ohne Scham und Reue Wesensglück verbreiten, hingegebener Gefühle Widerhall verspüren und bewusst dem süssen Taumel der gewollten Wohllust sich ergeben: Welche Grösse, welche Narretei und welche Kunst zugleich im unnachahmlich süssen Sich-Verspielen.

9. 11. 1998

Wo das Wahre sich verbreitet,
herrschen Wohllaut, Licht und Lust.
Eine Seele, die sich weitet,
überhöht die Menschenbrust.

Und das Glück erlöst das Zagen,
wo das Ziel im Winde steht,
nur nach *einem* noch zu fragen,
das von Herz zu Herzen geht

und das vielerfahrne Sehnen
mit der Lieblichkeit vereint,
die mit heissen Freudentränen
an der Brust des Vielgeliebten weint.

Welcher Gefühle fähig bist du, wenn Ich zu dir als Tröster Mich geselle, wenn alle Unerlöstheit deines Herzens sich in Anmut Mir ergibt, dass Ich die Pfade öffne ins Vertrauen und die Ruh.

Willst du dich selig nennen in der Winternacht, die dich umfrostet, willst du die Tränen *Meiner* Sanftmut bringen dar und dich zu *Meiner* Schwingen Leichtigkeit erheben?

Es fallen dir die Äuglein zu im Sinnen und bedecken, was du nicht verstehst, mit Milde und Barmherzigkeit im Tal des Friedens, das Ich dir zur Ruhstatt auserwähl.

20. 11. 1998

Seltsam, dass du bist im Fleisch und Blute, wie du meinst, derweil Ich dich gedankenleicht umflute. Zeig Mir deine Wunde, dass Ich Meiner dich belehr, und wenn du tauschen möchtest, tus, Ich will dirs nicht verwehren.

Nur die Liebe macht uns gross. Und sind wir ihr geneigt, verändert sich das Sinnen und besinnt sich auf die Sehnsucht nach verschwiegnem Aneinander-liebe-voll-Vergehn. Getaucht ins Bad der bebenden Behutsamkeit, vollzieht sich das Vereinen und beseligt, was wir sind, in so entzückender Manier, dass wir wie Süchtige im Meer der Wonne, das uns warm umfängt, verglühn.

22. 11. 1998

Es ist, dass deine Träume weit hinaus sich wagten, weit hinaus sich beugte deines Wollens Spur aus *Meinem* Seinsbefinden.

Komm nun zurück ins Wesen Meiner allumfassenden Gerechtigkeit, erspür dir Meiner Liebe Zug zu allem In-sich-selbst-Verlorenen und öffne dich dem lichten, weihevollen Strahl.

Nur *Meine* Blüte schau in diesen sorgenvollen Tagen und verbirg dich, wie die Liebste sich verbirgt im Liebestraum, in Mir, auf dass Ich dich im Bund des Seins aufs Zärtlichste liebkose.

26. 11. 1998

Im Niemandsland zwischen Trauern und Hoffen fliegen die Vögel der Sehnsucht dem Einigen zu.

Mit lieber Gebärde schenke Ich dir Frieden und tauf dich mit des Lichtes Strömen.

Nimmer sollst du Mir zagen, denn Meines Inneseins Geheimnis strahlt dir Kraft und Wärme im Begreifen zu. Ich lass dich nimmer fahren, denn im Geschöpflichen ist Meine grosse Hoffnung auf Vollenden Meiner Weisheit bis ins Tiefste angelegt. Dein Heil fliegt vor dir her wie eine Taube, in die Seligkeit des Allempfindens.

1. 12. 1998

Dona nobis pacem! Eine Weihe überschwebt den Tag, von Stillesein und Frieden. Du bewahrst dein heilig Feuer im bewussten Schauen ewiger Genügsamkeit und lässt des Lebens Drängen wohlgemut an dir vorüberziehn.

In namenloser Sanftmut bett' Ich dich in Meines Seins Gefieder und behüte dich wie eh und je in deinen Schauern.

Recke dich und strecke dich ins Mass der Freien und bediene dich der Kräfte, die *Ich* dir verleih, den Sieg davonzutragen. Meines Wesens Eigenart ist liebelicht und schön.

5. 12. 1998

Auf ein Wort zu dir ins Herzbefinden, find Ich Mich sanft und liebvoll ein, dein Wesenslicht zu nähren. Glanz vom

Glanze füg Ich deinem zu und lass es unbeschwert sich selbst verstrahlen.

Jede Gabe ist die Gabe der Natur an ihre eigne Schöne, aus jedem Lächeln strahlt ein Wunder ihres lächelnden Bestehns.

Alles regt und webt sich, das Geschaffene in *Meinem* Glück zu sehn in unverwandter Güte.

Licht ist Einsicht in den Himmel der Gerechtigkeit sowie Erkenntnis, die den Strebenden erfüllt vom Gang der Dinge nach dem Weltenwillen, dem wir eingebettet sind.

Verwandle deine Bangnis ins Vertrauen auf die Gaben einer grandiosen Zeit.

13. 12. 1998

So feingefühlt, so lieb, so schön, so traut in alle Himmel sich erheben, welche Seligkeit im Liebeswehn.

Es hat das Lied so tief geklungen; es ist die Einigkeit geglückt in solcher Harmonie, dass nun ein Nachklang wundervoller Süsse in der Seele sich verbreitet, und die Sehnsucht leis und zärtlich ihre Gegenwart berührt.

Unendliches Genügen liegt in diesem Wonnesein, Behutsamkeit in jedem flüsternden Gedanken und Bedächtigkeit im zeitenlos verspielten, all so linden Tun.

13. 12. 1998

Eine Sagenwelt bricht auf, wenn sich das Menschensein erfüllt im Einssein zweier seinsgeschwisterlicher Seelen, die sich streifen und durchströmen in der Zärtlichkeiten Freudenzahl. In ihrem Ineinanderwachsen liegt das Heil der harrenden Geschlechter und die Tugend der beglückenden Enthaltsamkeit vom Allzuvielen.

Aus der Grazie des sanften Weilens fliesst die Stärke des Geschehns, die übertrifft die kühnsten Wünsch-

barkeiten schwebeleicht und schön. So mehrt sich das
Begreifen und die lichte Seligkeit im Wunderbaren.

18. 12. 1998

Ein Wesen und ein zweites, inniglich verschmolzen im
Gefühlserleben. All so viel an Trautheit wird noch immer mehr und
spendet Freudensehnsucht in der Grazie des Augenblicks wie in der Blüte des Erwartens. Nirgends sind sie
mehr zuhause als im kosenden Vereintsein; hilflos ist ihr
Leben auf des harrenden Alleinseins Spur. So fein, so
über jedes Mass empfindsam Leiblichkeit und Seele im
erschütternden Geheimnis der Natur.

19. 12. 1998

Es liegt ein Glanz auf ihren Zügen
von wunderbarer Einigkeit,
ein Glanz von ewigem Genügen,
der sie vor aller Unbill feit.

In Engelleichte atmen sie im Stillen
den süssen Duft der Wonne ein,
die, ihnen wunderbar zu Willen,
sie liebevoll umhüllt in ihrem Sein.

Sie trösten sich in ihren Gründen
schon durch ihr blosses Dasein in der Zeit,
die ihrer Liebe seliges Verbünden
der Seligkeit des Himmels weiht.

O schönes Bild der Anmut im Geheimen,
vor dem sich jedes Auge still verneigt
und neigt dazu, vor so viel Glück zu weinen,
das sich den Lieblichen erzeigt.

22. 12. 1998

Weihe dich der Stille deines Seins in Gerechtigkeit und Würde; wisse, dass du in der Flammenpracht der Gottheit stehst, von unermesslichem Erglänzen.

Alles, was dich trifft in deinen Tagen, ist vollendetes Behüten und Begüten; jede Himmelsgabe ist zu deinem Wohl und führt dich ins beseligende Schauen der Allherrlichkeit im Ewigen.

Lass die Sehnsucht wie den Sternenhimmel über deinen Augen blinken und verliere dich in ihm, derweil du, deiner selbst bewusst, den Dingen deines Da-Seins Achtung zollst und hocherhobnes Überschauen.

Weihnacht 1998

Wo die Weihnachtswinde wehn, erfährt das Herz ein heilig Schauern und vergisst die Sorgen, die es rund umstehn.

In deiner Mitte wirst du finden, was du suchst, im Nicht-mehr-Denken, in der monotonen Anmut einer Stille, die Verheissung in dich strömt des Licht-Erlösens.

Weihnacht 1998

Wie wirklich reich und innerlich gefestigt dürfen wir die Tage neuerstandnen Lichts erleben, das uns in die Tiefen scheint, in die wir unser Sein gezogen.

Und wie auf Taubenflügeln heben wir uns still hinan ins Reich des Unaussprechlichen, wo reine Herzens-freude uns befriedet.

Das Bewusstsein schönt sich lichtdurchstrahlten Wohlbefindens und bereinigt so, was uns noch fehlte. Notlos, traumlos in unendlichem Genügen wesen wir, hellklaren Sinnens, in den Sphären absoluter Einigkeit, die unser Glück sind immerzu im Liebesrauschen.

So behutsam, so beseligt von der Süsse deiner Näh, umfang ich dich voll Sanftmut, deines Herzens Hof zur Freude zu bewegen. Leichten Sinnes lös ich dein Besinnen in die allerreinste Ruh, und hege dich und pflege dich in deinen wundersamen Gründen, dass du mir entzückt entgegenstrebst, Vereinigung und Jubel zu erfahren.

Über uns der lichte Stern der Himmelsgüte, der wir Jahr für Jahr gewisser angehören.

27. 12. 1998

Wohin des Wegs ihr Beiden? Über Schluchten, über Höhn.

Spielen und gefährlich spielen. Sich verlieren ganz im andern, ohne Wiederkehr.

Im Land der blanken Süsse schwelgen. Warme Weichheit spüren, wo das Leben pulst, und, Wonne schöpfend, jeden Halts verlustig gehn.

Mehr ins Meer zu tragen der Gefühlsverästelung im unerschöpflichen Sich-leis-Verzärteln.

Schlummern durch die Wachheit des Empfindens, taubenzart und wunderbar ergeben.

2. 1. 1999

Kraft und Liebe, Liebeskraft soll deine Schritte lenken auf der Weisheit Pfad. Vom Christus licht umgürtet, trittst du in den Kreis der Seligen, die selber nichts mehr für sich haben. Strahlen, strahlen, strahlen wollen sie und ihres Leuchtens liebevolle Gegenwart ins All verbreiten.

Sei gezeichnet von dem Stern, der dich dem Licht verschwistert, und belebe, was du bist, mit Heiterkeit des Seins im Ewig-Leben.

3. 1. 1999

Ein Mägdlein im Haus ging zur Türe hinaus, und besah sich die Sonne und schwelgte in Wonne vom helllichten Tag.

Es neiget das Köpfchen und schüttelt die Zöpfchen, verwirft alle Dinge und sagt sich: Ich singe, bergauf und bergab.

Es lächeln die Wiesen, es freun sich die Fliesen, treppauf und treppab, setzt sich alles in Trab.

Und beschwingt sich im Laufen und selig Verschnaufen, und hütet und tütet und reckt sich zum Licht im allerwertesten Frühlingsgedicht.

4. 1. 1999

Schöne Seele, weihe dich dem Sein in tiefem Dich-Besinnen und verströme Liebe an die Deinen.

Wache, dass kein neckischer Gedanke dich verführe, und sei rein in deinem Wollen, deinem Tun.

In der Lauterkeit des Herzens liegt dein Wohl, im Verzeihen aller Gegensätzlichkeiten deine Tugend.

Nur die Liebe macht uns gross und öffnet uns den Himmel der Glückseligkeit im Schauen.

Was wir sind, ist ein Geschenk der vielen. Viele wollen wir beschenken nach vollzogner Wahl.

6. 1. 1999

Im Licht der höheren Einsicht lebe du, nach dem Mass des Friedens, den du dir erringst im Gutsein an dir selbst und an den andern.

Weichen sollen alle Niedrigkeiten vor der Macht der Güte, die dein Herz betört im Hochgesang des Strebens nach Vollendung.

Eine wohlgesittete Geliebte Meines Sehnens sollst du sein, nach Tugend, Weisheit und Gerechtigkeit.

Bedenke, welche Schönheit in den Idealen liegt, die wunderbar gebildet, mahnend und ermunternd vor uns stehn. Wir brauchen ihrem Lockruf nur zu folgen.

10. 1. 1999

Trägt den Namen Sehnsucht, was du nicht erträgst in deines Seelenseins Befinden? Winden dich Gedanken her und hin, gefühlsbeladene, die dich aus dem Vergangenen direkt ins Künftige führen? Wird es wieder sein? So traulich, so an einen Augenblick verloren allerhöchster Wonne, der sich ewig machen will.

Gesänge sind wie luftige Gebilde, gegenwärtig im beschwingten Weilen. Vertrauen, ja, in eine Zukunft wundervoller Harmonie, ist immer Nöte wendend und befriedend, wenn das Herz sich Sorgen machen will.

Sei behutsam und bereit, dich ans Unendliche zu vergeben, wenn es alles von dir will.

14. 1. 1999

Fei're deine Zeit der Heimkehr zu dir selbst im Dich-Besinnen auf die Würde deines Seins, die sich im Leben äussert sonderlicher Grösse. Sie hat ihren Wert weit über allen Nöten, kann sich räuspern und in Liebesglut vergehn. Den Geschmack der Süsse kann sie kosten, der die Brust durchzieht im Sich-Vergeben, Balsam schlürfen von der Stille ins bewegte Seelenweh.

Trau der Liebe, will Ich sagen, eines Gottes, der dich in den Fibern deines Wesens nährt und dir die reinste Güte spendet, Tag für Tag im Weitergehn.

16. 1. 1999

Wiege deine Hüften
wiege deinen Schoss
wiege dich aus allen Grüften
hin zu Meiner Hoheit bloss

Ich verkläre dir die Ranken
die die Seele wild umstehn
und die besten Kräfte tranken
in des Sehnens heissem Flehn

Lichten Zugs leih Ich dir Flügel
über Land und Meer zu gehn
und die wundervollen Hügel
wo die lauen Winde wehn

Dort magst du in sanften Tänzen
deinem Liebsten lind dich nahn
und im letzten Sonnenglänzen
seliglich umfahn

17. 1. 1999

Du darfst dich als das Sein ins Wonnesein verklären, darfst über deinem allerzartesten Gefühl die Freiheit walten lassen im Vermählen.

Entrückt ins Wesenhafte deines Glutens, wirst du alles mit den Augen des Erbarmens sehn und auch dir selbst die Bangnisse verzeihn, in die du dich ergeben.

Schau und trau dem liebevollen Schicksal, das dich führt ins Blaue deiner Höhn, und das in allem seine Zauberkünste an dir probt im drängenden Elan, dem es gründlich sich verschrieben.

Sei und sei geliebt in Zartheit und Versonnenheit von Mir.

17. 1. 1999

Eine Saga strömt dahin, dem Urlicht dargeboten, und in ihm verklärt.

Helle Freude giesst sich ins empfangende Gefäss und verliert sich liebevoll in seinen Fibern.

Aus der Sehnsucht wird die Lieblichkeit geboren, reine Wonne in des Seelenseins Vereinen über allem

Weh. Heitres Weilen, Kraft verteilen, Niederkunft des Höchsten ins Bewusstsein der Alleinheit vor dem himmelweiten Tor.

22. 1. 1999

Equilibrium der Kräfte macht das Leben schön. Im Wunderwirken der besonnten Zeit verströmt sich Seel zu Seele, Zart- zu Zartheit, speisend Hungers Unersättlichkeit so artig und so hoffnungsfroh, dass allsogleich die Sehnsucht flackert im Gemüt, wenn sich die Traulichen Ade geflüstert haben.

Eine neue Ewigkeit bricht an und bricht sich an den süssesten der Lippen, Brüsten hochempfindend und den Augen einer Fee.

Naschhaft sind sie alle, wenn es darum geht, holdselige Gefühle zu erhaschen, sich im andern zu verlieren, und an ihm in Liebeswonne zu vergehn.

24. 1. 1999

Der Griff ins Grandiose reicht vom Hier zur strahlenden Unendlichkeit. Gestalten recken sich hinan und ragen bis zum Äussersten in ihrem Sein voll Kraft und Selbstertragen.

Es mehrt sich das zu Mehrende im Streben und verbindet Wirklichkeit und Sehnen mit unendlicher Grandezza in des Lebens lichterlohem Spiel.

9

Wog an Woge reiner Güte

Eine Liebesnacht zu feiern
welche Wonne, welches Weltverstehn
Seligkeiten zu entschleiern
und an ihrem Hauch vergehn

Küsse tauschen, süss empfunden
in der Seelenharmonie
liebevoll und eng umwunden
in berauschender Manie

Sich der Liebeslust ergeben
Zug um Zug und mehr und mehr
im glücksel'gen Sich-Erleben
als ein Paar im Menschenheer.

Wog an Woge reiner Güte
strömt dir unablässig zu
bebend flüsternd das Behüte
in der allerliebsten Ruh

Was uns frommt ist im Hienieden
als ein Wunderwerk getan
eines Herzbluts reiner Frieden
flutet sanfte himmelan

Und erfüllt das grosse Sehnen
nach Vereintsein in der Zeit
selig, es hinauszudehnen
in die lichte Ewigkeit

Wir bauen und vertrauen auf die Kräfte, die uns eigen
sind im Blut und im Verstehn der Lebensdinge, bau'n auf

unsichtbare Säfte, die von Hintergründen uns durchströmen.

Schwinden muss das Vordergründige bis zum letzten Rest des Selbstbehauptens, dass das innre Sichersein uns stählt und schmiegsam macht an alles, was die Tage bringen.

Freude trinken dürfen wir aus unsrer Seinsnatur.

14. 2. 1999

Was sich so meint in feinen Zügen des Gemüts, ist immer herzergreifend und zutiefst bewegend in der Unerfülltheit der Natur. Es sammelt sich das Sehnen wie in einem märchenhaften Teich, in dem die Sterne blinkend sich bespiegeln.

Nur die leiseste der Gesten lauen Lebens tut schon weh, wenn sich die Seele bergen will im all so sehr Befriedenden, Beglückenden, das wunderbarerweis dem Auge vorsteht des Beschauens.

Mild und tröstend geht die Zeit von hinnen und verspricht, noch im Verrieseln, süsse Seligkeit im Weh.

18. 2. 1999

Immer gibt es helle Punkte, die uns in die Weite führen einer Zeit des abergründigen Vertrauens, in das Menschengott-Erfahren, das uns ein glückseliges Gemüt bereitet in der Sorgenlosigkeit der Sphären.

Was will in Probleme sich verhaspeln? Immer nur das kleine Menschen-Ich, das sie nicht lösen kann allein. Nur das Erhabene in uns führt uns hinan und lässt die Spatzen allseits ihr Gezwitscher zelebrieren.

Alles ist und wird so gut im zärtlichen Umrunden.

1. 3. 1999

Wer vermöchte diese Süsse auszusprechen, so viel Lieblichkeit und Zartheit, Grazie des Empfindens, wie das Weh des unstillbaren Verlangens?
Ach so sel'ger Rausch und Tausch, ein schmelzend Mündchen und der Himmel Deiner Augen.
Wachsein und vergessen? Nie.

1. 3. 1999

Im Netz gefangen der Versuchung, Maximales zu wollen. Befreit davon im innigen Vertrauen auf die Hilfe der uns schaffenden Natur. Die Ängste lösen sich im ruhigen Sich-Besinnen, die Dinge fügen sich zu einem neuen Weg des Lebens, der eine Runde höher als der alte steht.
Lieben und Verstehn der eignen Nöte wie der andern, schafft Geschwisterschaft des Da-Seins und ermöglicht das Zusammen-Vorwärtsgehn.
Es taut, der Frühling will sich regen.

3. 3. 1999

Melodie der Mitte im durchseelten Seelenhain. Tragkraft der Gezeiten in der unbedingten Stärke Meiner selbst im graziösen Überleben. Die Vöglein pfeifen sich ihr Frühlingslied; wie sollten da die Aufmerksamen nicht Begeisterung empfinden und Liebe zum Natürlichen, das uns so liebevoll umgibt.
Wir stehen wie verzaubert vor der Munterkeit des Lebens und begreifen uns als Wachsende und Webende in ihm.

5. 3. 1999

Variation der Güte in des Herzens heilverströmendem Agieren. Weiterklingen eines Liebestraums von seligmachender Manier in Stunden der Behutsamkeit und Achtsamkeit auf Regungen des Seelenseins im stillen Wesen.

Trauter Friede, Sehnsucht, ins Unermessne sich verströmend einer wundervollen Zeit.

6. 3. 1999

„Ich führe dich zum Guten", spricht deines Herzens Stimme, „wenn du Mir lauschest im Gestilltsein. Keine Amme kann dich besser nähren, kein Licht dir heller leuchten in der Nacht. Sei still vor Mir, und keiner Ängste Bellen wird dein Ohr berühren. Spüre *Meine* Kräfte dich beseelen, und alles wendet sich in dir zur weihevollen Harmonie. Verweil im Staunen ob dem Wunderwerk des Lebens, das uns durch die Klippen führt, wenn wir uns ihm vertraun, und bade dich im Glück, das Ich vor dir verbreite."

8. 3. 1999

Wohin mit aller Dinge Widerspenstigkeit, wenn nicht zu Mir ins endliche Vereinen, wo Freuden herrschen weit und breit und über allem Weinen.

Ich Bin dir Trost in allen Gängen, die dir des Lebens Wirrsal beut, Bin fester Halt im steten Drängen, das dich umbrandet in der Zeit.

Vertrau dich Mir in deinem Ringen und sei erfüllt im tiefsten Sinn, von einem wundervollen Singen, geliebte Weltenbürgerin.

10. 3. 1999

Wen kann Ich meinen, wenn nicht Mich, indem Ich dich bedenke. Was hilft dir aus dem Traum, wenn nicht das Seinserkennen, das dich Mir vereint in absoluter Weise, jetzt und ewig, neuen Welten zu?

Wache, wie die Mutter vor des Kindchens Fiebern, vor dem eigenen Darniederliegen, und erheb dich zeitig aus dir selbst wie neugeboren zum ersehnten Wohl vollkommner Freuden in der Einheit dessen, was du bist mit *Meinem* Dauern.

14. 3. 1999

Was bedeuten diese Töne
was besinget dieses Lied?
Von der Liebe träumt die Schöne
die sich tief ins Herzblut schrieb

Von der Sehnsucht, die sich fällte
in ihr offenes Gemüt
und vom Weh, das sich gesellte
allem zu, was in ihr blüht

Dass die Wunde doch verheile
dass die Sehnsucht sich erfüllt
und die liebe, lange Weile
den Verliebten Seligkeit enthüllt

17. 3. 1999

Keins dem andern gleich, und doch in Mir vollkommne Einheit aller Wesen. Nur die Liebe kann dies recht verstehn und kann entsprechend klug agieren.

Keines ist vergessen; jedes Einzelne von Mir umfangen und durchströmt.

Lauschend *Bin Ich* nun in dir und erkenne deine Nöte. Sag Mir doch, Ich soll sie lösen, dass Ichs tun kann. Gib dich auf in Mir, lass deine Tränen Mir zu Herzen fliessen.

19. 3. 1999

Lieb und klug und voller Scherze ist die Unbeschwertheit, die Ich jedem Wesen in die Wiege lege, wenn es nur erkennt, wie reich Ich es mit allem, was es braucht, begabe.

133

Wie mit Federn bunt geschmückt, zieht jedes in das Reich der kleinen Kreise und vollbringt, was es vollbringen muss in seinen Tagen.

Vieles wird ihm leichter, wenn es sich voll Dankbarkeit daran erinnert, dass ihm alles doch geschenkt wird von der Güte *Meines* Auferstehns, und dass in Mir die Wege sich vollenden, wo die Freude waltet für und für.

27. 3. 1999

Harmonie und Heiterkeit, Fülle, Überfülle, Mass und Unmass in *ein* Herzenspaar geschlossen.

Vor dem Zauber der Natur sich still verneigen und dann, aufgerichtet, weitergehn.

Ringen um Wahrhaftigkeit und Schmiegsamkeit zugleich in jeder Phase des Geschehns.

Ein Tempel reich geschmückt und Gäste drin, an Götterspeisen sich zu laben.

Holdseligen Lächelns deute Ich auf Seelendinge hin.

1. 4. 1999

Es schwebet das Lichte von Höhen herab des Verschenkens. Es spüret die Seele der lieblichen Strahlen Geflüster, und labt sich an ihnen wie durstige Wandrer an silbernen Quellen sich laben.

Die Güte des Himmels ist wieder im Hauche der Wärme zu spüren, und alles ist heiter im blühenden Lande der Knospen und Kelche, der Hoffnung und Freude, des Ringens und Siegens allüberall hin.

3. 4. 1999

Strahlende Bewusstheit ist dir einst beschieden, wenn du auferstanden bist von deinem Wahn. Allbegeistern wird dir Flügel leihen allsobald, wie du dich selber ganz zurücknimmst und allein Sein Walten lässest in dich fahren. Dies ist eine Kunst bezaubernd schön.

Wie die lautre Sonne *strahlen* dürfen alle Wesen, die die Wanderschaft in *Meinem* Licht verstehn. Sie sind von Augenblick zu Augenblick Geliebte Meiner Gegenwart und Heimgeführte in Mein Reich der Seligkeit und des herzinnigen Beschauens.

8. 4. 1999

Das Einmaleins der liebeströmenden Gedanken zeugt spontan die Tat aus Herzensgründen. Es kreiert die allverbindende Geste, die die Freundschaft nährt, wie Öl den Lichthauch, wie Butter den Magen.

Regentröpfchen an den kahlen Ästen prunken wie Kristall in ihrer schlichten Schöne und versüssen mir den grau verhangnen Tag. Wohl ist mir, so wohl in meiner Haut wie lang nicht mehr; nur ein feines, nie erlöschendes Trauern um die verfolgten Menschen im Balkan begleitet Meine Fröhlichkeit und alles Leben.

Sei behütet und beschützt von denen, die dich ganz gewiss mit Anmut immerdar umgeben.

10. 4. 1999

Wer gelangt ans Ziel? Wem gelingts, galant zu betten sich in Allnaturas Arme? Wer darf die Freudenröslein blühen sehn? Der sich in herzergreifender Manier dem Leben widmet, ohne noch zu zögern. Balsam rieselt durch die Zeit der Liebesstunden, die sein Teil sind in verwunderlicher Süsse: Seligkeit umfängt ihn, schwanenarmensanft in schwebender Gelöstheit. Holden Daseins Wonne zeichnet sich auf seine Züge und verklärt, was er sich ist, in wunderbarem Einklang mit der liebelichten Fee.

Die Menschen glauben sich zu kennen
doch sie kennen nur den Schein
wollen alles noch benennen
und vergreifen sich am Sein

Ihres Deutens wilde Sage
wird darob zu einem Brei
und ihr schütteres Gehabe
ist den Göttern einerlei

Nur wenn sie im Denken ruhen
spricht das Hohe still sie an
und wird gnädig auch geruhen
sie zu führen himmelan

13. 4. 1999

Erschliesse dich der Welt, geruh Ich dir zu sagen, dann erschliessest du, was deines eignen Wesens Werte sind, in des Lebens Unterfangen.

Schau auf den Stern der Weisheit, der dir hoch am Himmel steht, und traue diesem, denn er weiss um so viel mehr von dem, was ist, als du dirs denken kannst in deinem Dich-Verwundern.

Lebensliebe macht dich gross; sie weiss die Schatten alle zu verscheuchen.

18. 4. 1999

Abendfrieden, feierliches Sonnenleuchten und ein Herz voll Liebe für das Leben, für die Welt der Träume, für dein Sein in Meinen Sphären.

Apfelblütenrein begegn' Ich dir in deinen Wundern und behüte und begüte dich im zarten Lichte des Verklärens.

Weile still und lieb in Meinem Dich-Umfangen und ergib dich Mir, wie sich die Kätzchen ihrer Wohligkeit vertrauensvoll ergeben.

Friede ist in Mir und sei immerzu in dir im Allbeschauen, wie im trauten und getreuen Zu-Mir-Stehn.

22. 4. 1999

Gesammelt und doch frei, in Würde gross und dennoch niemandes Befehlen. Weder Tag noch Nacht erleidend, immer heiter in der ewigen Helle des Azurs. Dem Ganzen innewohnend und das Ganze in Mir tragend: wahres Wunder an Begreifen.

Allem Scheinen trotzen, Wahrheit drin und dran erfühlen, unverbogen, ungeschminkt in strahlender Bewusstheit da sein, wunschlos aller Wünsche Ziel. Vereint mit allem, Zartheit spürend immerzu im Reinen. Seinsergriffenheit im Wohlklang namenlosen Friedens.

24. 4. 1999

Wie fasst das Gute sich in eins zusammen, wenn die Wogen in sich Sanftmut sind, und die Behüterin, die Stille, ihrer Güte Ton wie Sonnenschein um sich verbreitet im Allräumlichen.

Wie entstehn Skulpturen, warm durchpulste von lebendigem Leben, wenn nicht in der Hingegebenheit ans Dasein in vollendeter Manier. Jede Faser: Sehnsucht und Geniessen, jedes Wort – zu viel, im all so Tröstlichen, das wunderbarerweis geschieht im Reigen reiner Zärtlichkeit vor Götteraugen. Schönheit, Würde und herzinniges Vergeben winden sich zum Kranz der Einheit mit der blühenden Natur.

27. 4. 1999

Alles in allem ein Siegeszug der Vernunft, wenn sich die Wogen des Empfindens legen, und die Meinungen in

Eintracht beieinander ruhn. Wahre Stärke ist die Kraft zum Frieden, wahrer Mut, der Mut zur Einsicht in die eigne Maladie.

Wir dürfen immer hoffen, dass die Tage sich zur Güte neigen, und die Dinge ihren Lauf in Edelmut vollenden.

Schlussendlich siegt das Sein in seiner Pracht und seinem Nutzen und gebiert das Schöne noch an jeder Stelle seines Wirkens, das ist überall, auch in den unscheinbarsten Regungen des Allgewissens.

29. 4. 1999

Fein gesehn im Feinen, rein gefühlt im Fühlen einer leisen Sehnsucht, lichte Melodie. Wir leben sie, wir spüren sie und sind von ihr in Zärtlichkeit umfangen, allezeit im Träumen, Wachen, Sein.

Wie lieblich sind die Auen, wie freudevoll das Herz in diesen Tagen, wo alles wie am Schnürchen sich ergibt, und die Gedanken wie auf Adlerschwingen sich in blaue Lüfte heben.

Leis umfang Ich dich in deinen Wundern und belebe, was du bist, in Meines Herzens Elegie.

30. 4. 1999

Ein Schritt ins Grüne sagt dir mehr als tausend Worte von der Schönheit der Natur.

Eine Fabel ist vor deinen Augen aufgeschlagen, wenn du wanderst durch die Pracht der Blumengärten, wo die roten Tulpen ihre schweren Häupter nonchalant dem Sonnenlicht entgegentragen, wo die Hyazinthen ihren Duft verströmen und der Mohn sich anschickt, aus dem Blattgewoge Kelch um Kelch hinauszuheben in verspielter Akribie, dem Sommersonnenflammen zu.

Traute du, Ich leg dies nieder vor dein Angesicht, wie ein liebkosendes Gebet und schau und staun Mich satt im Spiegel deiner sehnsuchtsvollen Augen.

30. 4. 1999

Eine Bahn dem Hellen, Heilen, deinem Wesen zu in meisterlichem Strömen. Ein Vermächtnis Meines Inneseins an deine Züge in der Liturgie der sprossenden Lebendigkeiten, die zu feiern wir erwählt sind offenbar.

Fraglos glitzernd unser Glück, wie Schneekristalle in der Mittagsruh im überwältigenden Strahlen.

Was sich Dauer hier erwirbt, ist Kraft von hohen Kräften; was in Liebenswürdigkeit verweht, ist Seelenheiterkeit in vollem Sich-Vergeben.

Wer sich weidet an der Schöne, wird selbst schön; wer unverwandt dem Reinen, Hohen sein Betrachten weiht, wird seine Tage in Erhabenheit vollenden.

1. 5. 1999

Erkenn Ich Mich im Sein, ist alles Stärke, Wesenslicht und wunderbares Fluten. Gegenwart liegt in der Schärfe des Gewahrens; Ebenmass erfüllt sich in der Kunst, die Universenfältigkeit in absolutem Gleichgewicht zu sehn.

Was haben wir zu schaffen, wenn nicht Schönheit in Potenz, was zu erklären, wenn uns nicht das Göttliche beflügelt im Bewusstsein wunderbarer Klare.

Seinsbehüten ist so überragend köstlich, dass vor ihm das Irdische verblasst und alles sich im Ganzen löst der Einheit der Gewalten.

6. 5. 1999

Wendet sich das Blatt, so wenden sich die Dinge deines Lebens reiner Herrlichkeit entgegen. Alles wird dir leicht und wie verklärt im Wandel der Gezeiten; Rätselringe lösen sich in Sanftmut, und das Lächeln steht zuvörderst auf der Anmut deiner Züge. Ich allein Bin deines Lebens Halt und Unterweisen, Bin der Hüter deiner Tugend und entfalte, was du wahrhaft Bist vor deinem staunenden Gesichte.

Das ist es, was dir frommt in Wahrheit und Gediegenheit, und was dich selig sein lässt in den innersten Bezügen.

9. 5. 1999

So fein, so reich, so zart, so lind die Lieblichkeit der Stunde. Alles Leben löst sich auf in Minne und Glückseligkeit, wenn so im Morgendämmer sich die Wesen gut sind ohne Hemmnis, ohne Zagen im erfüllten Ebenmass der Harmonie.

Wie Balsam träufelt jede Freudenregung des Gemüts ins wache Seelensein und wird zum himmlischen Arom in ihren Sphären.

Nichts vermag so viel hinwegzutrösten wie dies wundervolle Ganz-in-Einigkeit-Beruhn und Sich-ins-Reichvollendeter-Behutsamkeit-Erheben. Welche Wonne, welches Menschsein, wie in Engelflaum gebettet, für und für.

12. 5. 1999

Zahlreich sind die Segnungen des Lichts, wenn wir uns ihnen anvertrauen. Das Bewusstsein heben sie in Sphären reiner Wonne; jede Regung des Gemüts ist ein holdselig Jauchzen in der Urgewissheit ewigen Bestehns.

Wie weggeblasen sind die Hemmnisse des Lebens. Leichtigkeit und Friedefertigkeit durchströmen unser Wesen, und gewähren uns ein überirdisches Beglücken, das alle Wunden heilt des Taggeschehns.

Wohlan, vom Lichte ist zu sprechen, das die Welt der schwirrenden Atome schon seit Urbeginn durchflutet und belebt und das uns innewohnt als göttliches Agens zu innigem Genügen.

13. 5. 1999

Weihung an die Abendstille, den friederfüllten Dämmerraum, in dem Ich wese. Jeder Sorge bar, behüte

Ich Mein Sein in wundervollen Zügen des Gelöstseins, des Erlöstseins von der Erdennot.

Aus der Fülle des Erfindens Meiner wahren Ich-Natur gereiche Ich Mir selbst zum Wohl, und mit Mir allen andern. Tiefer, zärtlicher, bewusster tauche Ich ins Seeleninnere der Mir Vertrauten und begabe sie mit leuchtender Gebärde wesenhafter Heiterkeit, sie sammelnd in denselben lichten Chor, der alles preist und lobt und sich voll Dankbarkeit im Ewig-Guten findet in der Sphärenharmonie.

16. 5. 1999

Ein Schifflein auf dem Silbersee, eine Woge zärtlichen Umfangens in der Morgendämmersanftmut der Natur. Myriaden Blümchen tummeln sich im Wiesengrund und blinzeln lieb dem neuerwachten Sonnenprinzen zu. Bächlein rauschen, hüpfen ihrem Fluss entgegen. Kaum zu halten weiss sich das Herz ob all dem Grünen und Sprossen und taucht ins unendliche Sehnen.

Nun will grosser Friede sich verbreiten, deinem Wesen zu ins Allheilende der Nacht.

Es fassen sich die Enden der Welt zur Geschwister-schaft der Sphären im ewigen Du.

20. 5. 1999

Was bewegt dich so im Herzenskämmerlein zu Tränen? Was findest du in dir, wenn nicht die Sehnsucht nach vollendeter Geborgenheit im zärtlichen Umfangen. Wie wenig und wie viel ist dann gelöst, das Leben lebbar und die Zeit verbrämt mit einem sagenhaften Glanz, der nicht so bald verblasst, und sich erneuen will mit vehementem Klagen. Was Wunder, wenn so vieles im Dazwischen blass erscheint, bedeutungslos und ohne Würze.

Traurig, ja, kann man schon sein - ohne das Verborgene zu Markt zu tragen.

Dass *du* nur froh bist, froh und taubentänzerisch, möcht Ich dann wünschen.

141

Friede, Fröhlichkeit und Herzensfülle strömen aus und
ein im wogenden Gemüte. Tief beglückt vom
zauberhaften nächtigen Vereinen, dem sich Gedanken
und Gefühle noch und noch in wundervollem Nachklang
weihn. Wunderbar getröstet vom Geschehn des Tages,
das sich wie ein Märchenbilderbuch vor unsern Augen
aufgetan.

Wie dankbar muss die Seele werden von soviel
Geschenktem, soviel Wonne, soviel Zärtlichkeit und
Schönheit allzumal.

O Leben, Liebe, Sonnenstrahl und inniges Einander-
gut-Sein in der Aureole strömender Glückseligkeit von
Gottes Gnaden.

25. 5. 1999

Stille noch umhüllt uns, einem weichen, weiten Mantel
gleich, in dem wir uns geborgen fühlen.

Liebe hüllt uns ein, die wir uns stets verschenken,
zärtlich, kraftvoll, rosenlichtdurchströmt.

Was wir denken, sinnen, tun, ist immerzu ein Abbild
höheren Denkens, Sinnens, Tuns, in dem wir träumend
uns bewegen.

Sei an diesem lieben Tag gesegnet mit Vertrauen,
Hilfsbereitschaft und Genügsamkeit, und wiege dich in
Heiterkeit und Frieden.

10

Meinen lichten Flügel breit Ich über dich

Meinen lichten Flügel breit Ich über dich, dass dir kein Unheil widerfahre. Es lösen sich die Schatten der Besorgnis in der Liebe auf, die Ich dir brüderlich verströme. Lass nun Freude einziehn in dein Herz, die dich mit aller Welt versöhnt, und lass dich überschütten von der Flut der guten Gaben, die aus Meiner Mitte dich umwehn.

Trost in Nöten, Muttersorglichkeit im Bangen Bin Ich dir, und lass dich jubeln ob den Wonnen reinen Freiseins, die du in der Traulichkeit des Seins erfährst in wundervollen Zügen.

Was mehrt die Sehnsucht, wenn nicht süsser Küsse Saft von bebenden Mündern. Aufblühn die Brüste ob dem losen Fingerbeerenspiel. Jede Geste des Verzärtelns drängt die Wesen der Vereinigung entgegen.

Nie gekannt und nie empfunden der Gefühle Niederkunft ins Sein so hochwillkommner Freuden. Vollends an die Seligkeit verloren, treiben sie wie durch die Ewigkeit dahin und lassen sich vom Einssein in unendlicher Glückseligkeit verwöhnen.

Kein Wunder, wenn Vergangenes uns einholt und uns in die Zukunft drängt noch reineren, noch höheren tiefinnigen Vereinens.

Ich schenk dir Abgeschiedenheit aus dem Bewusstsein steten Sehnens, willenloser Liebe, die das All durchströmen.

Wesen aller Dinge ist die liebevolle Zartheit, die sie wachsen und gedeihen lässt von Zeit zu Zeiten, von Ewigkeit zu Ewigkeiten. *Ich Bin* dir immer gut in Meinen

Gründen und belebe, was du bist, mit unaussprechlichem Behagen. Denn die wahren Seligkeiten finden sich allein in Mir. Trau Meiner Trautheit, wache auf in Mir und lass dich selig von den Schwingen Meines Um-dich-Gegenwärtig-Seins wies Kindlein in die schönsten Träume wiegen.

1. 6. 1999

Was die Trautheit sich erkoren
fliesst behend vom Ich zum Du
und bedeutet Wohlgesang in wachen Ohren
reinen Seligkeiten zu

Was die Liebe lässt erblühen
ist von lautrer Schönheit eine Spur
alle Sorgen, alle Mühen
lösen sich im Glanze ihrer Kur

Nun, so sei der Welt gewogen
die so wunderbar und fein
dich ins Märchenreich erhoben
mitten im bewegten Sein

Und beweg dich wie auf Schwingen
der Holdseligkeit dahin
wo dein Herz vor allen Dingen
fühlt der Liebe Hochgewinn

6. 6. 1999

Wohin mit den Gedanken, wenn nicht flugs zu dir; wohin mit so viel Unsagbarem, das das Herz bewegt, wenn nicht in deines, es im Tiefsten zu begreifen?

Wie soll Ich weinen, jauchzen, jubeln, Mich-in-Trauer-Wälzen, soll Ich Unruh, Seligkeit und himmlisches Behagen zugleich in der ach so engen Brust ertragen? Was kann Ich anders, als hinausgehn und im *Ich* das Ganze finden Meiner wohlgeordneten Struktur, die alles überschaut, versteht und würdigt, um in Würde dann und Wonne vor sich selber zu bestehn?

Ich lausche lauschend Meinem Sein und finde Gottessinn in jeder noch so feinen Geste des Geschehns in Meinen Gründen. All die bebenden Gefühle sind Mein Eigentum im Schoss des nachtverdämmernden Bewusstseins. Alles Aneinander-sich-Vergehen und Verwehn ist *Meines* Liebesatems Zeugnis, Meines ewigen Sehnens Unterpfand nach Einheit im Vereinigen der Glieder.

Wo Gefühle wecken, wenn nicht in den allermeist empfindlichen Bereichen; *wo* die Sehnsucht bis ins Äusserste vertun, wenn nicht im vollsten, wärmsten, weichsten und erschütternsten Umfangen, das bis in die letzten Fibern schiesst und schon die Keime neuer Sehnsucht pflanzt in ihnen.

Wohl dem, der solchem Sich-Versprühn Gesammeltheit im Ganzen weiss hinzuzufügen. Wohl der Stärke des Bewusstseins, das in allem neuen Glanz und neue Glorie ausmacht und sie in den Schleier der allgegenwärtigen Gottheit webt in seinem Ich-Befinden.

Jede Trauer, jede Tragik werden so zum triumphalen Sich-Behaupten im All-Wirklichen, jedes Sehnen ein Noch-grösserem-Vollenden-traut-Entgegensehn.

8. 6. 1999

Mysterium der Stille im Gestilltsein. Wunderwerk der in sich ruhenden Gefühle in des Weilens Ebenmass. So viel an Zartheit ist vonnöten, so viel an schwebender Geduld, bis alle Dinge sich dem Einen unterordnen, das Erhabenheit und Würde atmet in des Seiens Harmonie.

Nun gut, es walten die Bezüge zwischen allen Sphären in unendlich fein und wohlgesetztem Strömen, und die Wesen sind sich immerfort zum Segen, wenn sie in Gedanken und Empfindung sich umfahn. Ein Lächeln

147

schickt sich dem hinüber, ders empfangen möchte, und gewährt ihm Seligkeit im stillen Bleiben. O, die Lieben sind sich doch beständig nah.

10. 6. 1999

Druck um Druck in deinen Runden
Leid um Herzeleid in deinem Tun,
nur in Mir wirst du gesunden
und in seliger Andacht ruhn.

Was die Zeiten dir gewähren
ist von *Meinem* Sinn geprägt
dein Entgleiten, dein Bewähren
sind von Mir stets angeregt.

Ziel um Ziel in deinen Runden
Weh um Weh in deinem Tun
nur in Mir wirst du gesunden
und in ew'ger Wonne ruhn

23. 6. 1999

Im Hier und Dort das Einssein der Allherrlichkeit verspüren, dir Ströme wachen Fühlens senden in der Morgenfrüh, und aller Sehnsucht Born voll Innigkeit zu dir zu lenken: Welches Labsal, welch anmutsvolle Bürde, welches Selbstvergessen. Und immer sind auch Zärtlichkeit und Milde mit im Spiel, ein lächelndes Vergeben von Grandezza und Genügsamkeit im Sommersonnenwind des Tages. Lieblichkeit in deinen Augen, Lippen, Wangen will ich sehn und dirs mit Küssen reich vergelten.

Morgenfeier im Wohlklang der Stille. Nie versagendes *Ich Bin* im Reinen. Ja-Wort zum Allraunen der Geschöpflichkeit im Werden neuer Welten. Namenlose Zartheit ist in Meinem Wirken; unaussprechliches Genesen Meine Spur. Dem Lächeln der Holdseligkeit dahingegeben, erlausche Ich den Sinn in Meinen Wundern. Weben, Wandeln, Weihen, Wohlverstehn ist wahrhaft schön und trägt die Züge stillen Glücks, die aus dem Weiselosen sich erheben. Die Gerechten Meines Himmels machen alles gut. In Wesensnähe binden und verbinden sie der Dinge Überfluss zur Harmonie des lieblichen Gestaltens und gewähren allem Leben Wohlbefinden, Wonne, Zartheit und Versöhnen.

5. 7. 1999

Aufs Geratewohl geboren, werden viele Dinge sich als Wunderwerke der Natur erweisen, die aus ihrem Wesen Faszination verströmen. Frisch gewagt, ist halb gewonnen in des Lebens weihevollem Saal. Wo es auch sei, verbreiten wir ein Lächeln, wenn wir nur spontan sind und den Einfall walten lassen. Wo des Geistes Winde wehn, erzählen die Gebinde von der Freiheit des Gestaltens Hand in Hand mit Herzensfreisein, das die Schöpferkräfte uns so liebevoll gewähren.

8. 7. 1999

Solang wir uns als Ich in der Vereinzelung erkennen, handeln wir aus unserem Fühlen und Denken heraus auch wie isolierte Persönlichkeiten. In dem Mass, in dem wir unser Wesen als Menschheit, ja als eins mit dem Kosmos zu sehen vermögen, gewinnen unsere Überlegungen und Gefühle das Mass des Allgemeinen, des Menschlichen an sich, sowie des Seins. Sie befähigen uns allgemach, nicht nur für uns selber, sondern für alle und alles nur das Beste und Erfreulichste zu wollen. Diese Evolution ist unser Weg und Ziel in unserem Vollendet-Werden.

11. 7. 1999

Nun wird auch dieses wieder wahr, dass wir in Einigkeit uns sehn und unverbrüchlichem Entzücken. Gefühle wallen auf in stärksten Wogen und verbinden uns zum flammenden Idol. Was Wunder, wenn wir an der Sehnsucht fast verbluten; was für ein Strom von Trautheit will uns dann umfahn im liebenden Begegnen. Heiterkeit ist, was wir so begründen, Lebensblütezeit, wenn wir zusammen stille fürbass gehn. Gezeichnete der Zeit sind wir, wie alle, die sich von der Lieblichkeit des Liebes-abenteuertums ergreifen lassen, wonnevoll und wahr.

11. 7. 1999

Beseligende Trautheit durch den Tag der tausend Freuden. Wesen der Natur in Sinnesgleiche auf der Spur des hingebreiteten Behagens. Das ist nun Erfüllung vieler Träume, Nahrung für das Kommende und köstliche Verheissung. Wie ein Märchen klingt dies Los, wie die Spanne reinen Glückes zwischen so viel Angespanntheit und Entsagen. Lassen wir den Wind der Sanftmut still darüberstreichen und gewinnen wir zu Recht aus dieser Runde das Gefühl der seligen Erfülltheit von der Liebe lindem Strahl.

16. 7. 1999

Massliebchens Äuglein blinken so verträumt dem neuen Morgen still und wunderfein entgegen. Weder wach noch schlafend reisen sie durchs Zwischenreich des blauen Äthers und erlaben sich am Duft der Unbeschwertheit und des reinen Seinsgefühls. O, wie sind sie tief beglückt vom losgelösten Schweben, dessen Zeugen sie sich selber sind; wie lächeln sie im Lande zwischen Zeit und Ewigkeit dem Licht entgegen, das vom Osten aufblüht als ein liebevolles Fest der Farben im erstrahlenden Azur.

16. 7. 1999

Im Dämmerlicht der Hoffnung liegt der Dinge überirdisches Verklären. In der Weise des Geschehenlassens des Geschehns erfahren wir den Klang der grossen Sinfonie des Lebens, der uns in die Weiten der Beglückung führt. Ungeschieden von der Einheit des Natürlichen, erreichen wir zusammen mit so vielen Wesen ewig wandernd unser Ziel und sind, im Ganzen wohlgeborgen, Auferweckte in den Glanz des Da-Seins, der uns hütet, heiligt und zur Heiterkeit bewegt,

Still das Herz, gestillt die Sehnsucht, und den Blick ins Ewige erhoben, strömt uns Güte zu und wonnevoller Frieden.

18. 7. 1999

Ein Hauch von Poesie will dich voll Zartheit überstreichen. Eines Lächelns Gabe dich umfahn, um dein Gefühl ins Paradies der Heiterkeit und Liebenswürdigkeit zu leiten. Gesetzt, der Tag sei schön und licht und azurblau in jeder Falte des Gewissens, und du trällerst Lied um Liedchen vor dich hin, wie wunderbar ist dann das Leben und wie reizend alles, was an deinem Wege steht, dich zu beglücken. Eine Rose leg ich dir ans Herz; mit einem Wimpernschlagen lad ich dich zum Mahle des Entzückens, und erlab dich mit der Milde zweier Arme, die dich lind umgeben und dir Anmut und Gedeihen in der Lieblichkeit des Seins gewähren.

18. 7. 1999

Der Sehnsucht Flamme lodert Himmeln zu des Seins in Minne und Ergeben. Ein Lächeln grüsst, die Traulichkeit will leben und Verspieltheit will sich in die Arme fallen noch und noch in nimmermüdem Wohlgeschehn.

So leicht, so licht, so lieblich will sich alles mild umhegen in der losgelösten Zweisamkeit, und die Gefühle wollen sich in eins verkriechen.

In der Wunderwelt des Schönen fliesst die Zeit in reinem Ebenmass dahin und verglitzert sich im Spielen.

19. 7. 1999

Die Hände still gefaltet im vertrauenden Gebet. Ein Bild der Hoffnung, eine Weihe für das Herz. Du kannst und darfst dich an Mich wenden in der Not in stummem Dich-Vergeben. Wie zur Feier wird dann, was du dir gewährst, und Meines Wesens Hilfe ist balsamisch für dein Weh. Zuallererst nur *Meine* Dinge brauchst du zu ergreifen, dann ist alles wohlgetan, und alles fliesst und strömt dem Wohlklang des Vollendens unbedingt entgegen. Schau Mich in deinem Wirken unvermittelt an, und trage, was du bist, zu Meinen Gründen. Immer finde Ich die Wendung zum Gelingen deiner Pläne in der Folgerichtigkeit des Weltenwebens.

22. 7. 1999

Harmonie der Welten in Geschöpfen, die sich mild und zärtlich sind in nie versiegender Behutsamkeit, in schwebender Grandezza wie im strömenden Sich-gut-Sein - seliglich und wahr. Wie verzaubert geben sie sich dem Geschehn dahin, gestillter Sehnsucht inne, wonnetrunken und gerührt vom Sich-Berühren in der tiefsten Wesensnäh. Holder Minne liebelichtes Spiel in unnachahmlichem   Sich-aneinander-ganz-Verspielen.

Lebendiger Trost fürs Leben, nie erfahren, nie gesehn in solcher Dichte, solchem Wohlgefühl und so viel reizendem Erwidern.

8. 8. 1999

Die Züge reinen Glücks in flammendem Bewundern. Eine Saga der Behutsamkeit im noch und noch gewundenen Verspielen. Aufblühn wie aus grossen Schatten, Innigkeit im Wesen des Verschmelzens, wie von Zauberhand geführt. Im Nun ist alles gut. Die Seele löst sich auf in weises Aneinanderschmiegen und beglückt das Glück der Stunde voll Begeisterung im Allbegreifen. Reichtum der Gefühle, Staunen und Gefallen finden am hinausgedehnten Zärtlich-Sein im Liebesbund der Treuen.

9. 8. 1999

Bewusstseinsstufe um Bewusstseinsstufe will uns immer höher führen. Ruhvoll in der Zucht der Gottheit stehn ist unser Ziel für hier und für die Taten, die uns noch zu tun beschieden.

Ich liebe dich für deinen Mut, für deine Schönheit, deinen Garten wunderbaren Wohlgefühls, den du mir offenbarst im Aneinanderschmiegen.

12. 8. 1999

Aus Wärme, Milde, Lebenslust und Friedefertigkeit geboren, hüte dich mein Gruss und wecke Freude, Strebsamkeit und guten Willens wallende Gebärde dir im Seelenkämmerlein, das Edle zu vollbringen. Wie Weihrauch kitzle dir der Wohllaut meines Redens den Verstand, und setze dich in leisen Taumel des Beglücktseins ob so viel an Redewendigkeit und heiterer Gelöstheit in des Schreibens Stil. Wieviel aus Nichts ist doch zu machen, wenn die Finger der Vernunft die rechten Fäden ziehn. Gar artig präsentiert sich alle Welt in farbenprächtigem Pastell, das Auge zu verführen, und die Trägerin dazu, das Leben leicht zu nehmen, wie den Maienbummel an der Thur.

15. 8. 1999

Willst du Mir entgegenwachsen
willst du so und so und so
unter hunderttausend Faxen
hier und dort und anderswo

Meine Grösse zu erkunden
ganz in Mich dich hüllen ein
und von Mir aufs Zärtlichste umwunden
in der Seele glücklich sein

Hast du je dich andrer Gaben
so herzinniglich erfreut
wie dem köstlichen Gehaben
das uns unsre Liebe beut

Und in langgedehnten Zügen
wie die Knospe Mal für Mal
öffnet uns dem Seinsgenügen
in des Daseins wonniglichem Tal.

16. 8. 1999

Deines Schicksals Zügen lauschend
wirst du sie zutiefst verstehn
Melodien mit mir tauschend
freudenkräftig vorwärts gehn

Und im Land der vollen Ähren
wie die Sonne leuchtend sein
ein herzinniges Bewähren
liebes Lebensschwesterlein

Du wirst ohne jedes Zagen
deine Bürde frisch und frei
mit erhobner Anmut tragen
in der Tage Wogenei

19. 8. 1999

Lieferst du dich aus, so bist du schon verloren.
Nährst du deiner Hoffnung Wiege mit Beständigkeit und
Frohmut, neigen sich dir alle guten Wesen zu, das Hohe,
Lichte in dir zu gebären.

Kraft von Kraft in reiner Liebe darfst du dann
empfangen, deine besten Pläne werden wahr, und jeder
Regung deines Herzens folgt ein Aufblühn der
Gegebenheiten in holdseligem Stil.

20.8. 1999

Eine feine Herzbewegung
deinem zu im Grün- und Blau
ein Dich-Denken immerzu
auf der weiten Lebens-Au

Klang vom Klang in tiefen Zügen
eine Wunderwelt im Sinn
und in ihr herzinniges Genügen
liebvoll, köstlich, her und hin

Wanderschaft auf gleichen Wegen
brodeln in der Brust Verlies
ein tiefinniges Erwägen
was sie endlich uns verhiess

Und ob sie zum Glück der Stunden
immer neues fügen will
in so wundervollen Runden
selig, traulich, lieb und still.

Freiheit des Gewissens in der Sorgenlosigkeit des Seins
vor allem ist vonnöten, wenn die Lebenswogen hoch sich
türmen und die Drohgebärden künftiger Tage vor dir
stehn. Ein Ruhn, minutenlang, im Tabernakel deines
Herzens wird dir zeigen, wie du wirklich bist, von
Engelwesen durch das Sein getragen, wohl behütet bis
zur letzten Faser deines Wesens. Nichts kann schliesslich
dir geschehn in deiner wahren Wirklichkeit, die ist von
Mir ein Zeichen.

Anmut, Kraft und Sieg verleih Ich dir in selbstver-
ständlichem Erwägen, wenn du dein Bewusstsein
immerzu auf Mich gerichtet hältst im Wunderbaren.

Im Besitze des Diploms gewähren sich die Guten eine
Miene unverwechselbarer Distinktion. Sie pudern sich
und plustern sich in ihrer farbenprächtigen Robe und
gestatten sich im neuen Selbstverständnis noch viel mehr.

Das ist nun gut und braucht den Mut, nicht so zu sein,
wie alle andern. Gewissenhaft der Wissenschaft ver-
pflichtet, kann man nun getrost und ausgelost durchs
feine Leben wandeln. So schön, so leicht ist es erreicht,
dass alle sich verneigen und noch in alle Ewigkeit,
vielleicht, Ergebung zeigen.

11

Ein Amulett in deiner Tasche

28. 8. 1999

Ein Amulett in Deiner Tasche, ein Freibrief fürs Gelingen einer Grosstat, für die Wiederkunft lebendigen Frohseins nach der nervenreibenden Willkür. Wie Espenlaub gebebt und alsdann froh dem Prüfungsfeld entsprungen, wie eine Irre hin und her gefuchtelt und nun wieder wie die Andacht selbst vor dem Ergebnis deiner Ruhmestaten. Alles ist so schön im Lot der Seinsgerechtigkeit, der Sprung ins Wasser hat sich tausendfach gelohnt, und alles Schwitzen hat sich längelängst verzogen. Wie im Hürdenlauf ist auch die letzte elegant bezwungen, wie ein Ahnen schmiegt sich dir der Jubel an, dich selbst besiegt zu haben in der Weise des Darüberstehns.

29. 8. 1999

Im Sehnen flammt die Seele dem entgegen, was es zärtlich will umfangen, was es mit verschlungner Akribie berühren möchte, fein und leisen Bebens, liebeleicht und wahr. Das Köpfchen hängt nun vorneüber in dezentem Müdsein ob dem Filigran der Stunden, die so viel an Traulichkeit, an Gleichgestimmtheit und Entzücken uns gebracht. Wie eh und je und doch in unerreichtem Wohlgeraten schenkten wir uns Feingefühl, Geborgenheit und seliges Einssein in der Wunderwelt des traumverlornen Weilens. Was ist Gnade, wenn nicht dieses allerlieblichste Sich-voller-Innigkeit-Begegnen, was die Krone der Natürlichkeit, wenn nicht das von den Weltendingen völlig losgelöste Beieinander-Weilen?

31. 8. 1999

Absolute Klarheit der Gedanken führt Mich von Erkenntnis zu Erkenntnis wie die Dinge sich verhalten und schlussendlich dann zum nonchalanten Siegen. Wundervolle Ruhe strömt durch Meines Wesens Innigkeit und hilft Mir, auf Mich selber zu vertrauen, unbedingt und wahr.

1. 9. 1999

Trau und traue *Mir* in deinem so zerbrechlichen Befinden. Sieh den Ausgang deines Tuns als seinsvollendet nach dem Weltenwillen, der in dir sich auslebt, voller Schönheit, Sicherheit und ewiger Jugendkraft. Alle Dinge deines Herzens sind in Mich geschlossen und in Meiner Güte wohl bewahrt.

2. 9. 1999

Ohne Zweifel, ohne Zögern weih Ich Mich Mir selber in der reinsten Kraft des Seins, die Mich beseelt. Und alle Furcht ist schon von Mir gewichen, weil Ich so viel Sicherheit und Würde in die Zellen Meiner Wesenswelt verstrahle. Gross Bin Ich allein in Mir und gewahre voll Frohlocken Meinen Sieg.

3. 9. 1999

Lass es zu, dass einer Meiner Engel dich behüte, wandle, was du bist, ins Hoffen auf das Seelenebenmass, in dem dir alles wohl gelingt, was du begonnen, und in dem die Dinge sich zu deinen Gunsten wenden. Weihe dich dem Sein in deinen Gründen, und vernimm, wie es mit Urkraftschwingen dich belebt, und leise, leise dich zur Ruhe führt im Schreiten.

4. 9. 1999

Was in Reinheit sich vollzieht, ist reinen Feuers Gottesgabe. Was wie ein Märchen von Vertrautheit durch das Wesen rieselt, stärkt die Güte und den Lebenssinn in wunderbarer Weise, tröstend und beglückend allzumal. Wer kann die Lieblichkeit ermessen, die aus dem gereiften, feinen und entzückenden Begegnen zweier Traumverlorener erstrahlt, wer ihrem Seligsein auch nur ein Jota noch dazu verleihen? Wie mit tausend Fäden des Verlangens ziehn sich die Verliebten ins Umfangen und erfüllen ihre Sehnsucht mit dem ach so süssen Spiel der Finger, Leiber, Schösse, die sich zärtlich aneinanderschmiegen.

Lächelt Amor? Ja, er lächelt ihnen gar verschmitzt dazu und zieht die schlingenden Lianen der Verführung kunstvoll enger noch um sie. Grandios sind die Gefühle, wenn sie Aug in Auge mit dem Höchsten stehn und sich eben durch die Kunst der Sanftmut wieder, wie zahm gewordne Winde, dem holdseligen Paar zur Seite legen, liebevoll und schön.

Das ist, was sich die Jahre und die Zeiten wünschen an Behutsamkeit und liebevollem Sich-Vergeben. Das lindert und erhebt und führt die Seelen sacht zum langersehnten Frieden.

6. 9. 1999

Nun mag noch alles in den Lüften sein; Ich selber Bin Mir wieder traut und rein und wie von neuem Mir geboren. Ich nähre mit der Hoffnung Schein, was Ich begonnen voll Begeisterung, und was es brachte und noch bringen wird, ist so viel von dezenter Grösse, dass Ich staunend, lachend, triumphierend vor ihm steh.

Der Weg ist alles, unbedeutend doch das Ziel, das zu erreichen Mir beschieden. Wonne spür Ich beim Gedanken, dass Ich so viel schon errungen in des Ringens meisterlichem Stil.

10 9. 1999

Im Liebelicht besehn, ist alle Welt ein wundervolles Brausen. Das Gold der Tage glänzt so schön; an der Morgenhelle weidet sich die Seele und beglückt sich an der Gegenwart der Stille im Geheimen.

Wunderbare Wege führt uns die Gelegenheit, den Dingen auf den Grund zu gehn; weihevolles Ahnen leitet uns zu immer neuen Höhn des heiteren Befindens, wie der Lieblichkeit des Trautseins mit dem Ewigen.

14. 9. 1999

Immer ist die Lebensliebe mit im Spiel, das Empfinden der Natürlichkeit in feinen, vollen Zügen. Mach mit, geliebtes Kind der Weltentage, und vergib dich an den Augenblick des köstlichen Erlebens dessen, was du bist in *Meinen* Gründen.

11. 9. 1999

Ein Liebkosen ist es deines Seinsgefühls, wenn Ich dein Wesen liebevoll berühre. Seis deiner Lippen weich gewordne Süsse, deiner Brüste Zierlichkeit wie deiner zarten Glieder sanfte Inbrunst im Umfangen.

Fein und allbeseligend ist, was wir uns verleihen in der morgenlichten Kür des zärtlichen Vereinens.

Nie empfunden, traut und wunderbaren Einklangs, was uns unser Wille tun lässt in der Einheit mit dem Ewigen, das uns durchflutet, und die Lieblichkeit des Augenblicks vermehrt.

19. 9. 1999

Wobei *ein* Stündchen einer Ewigkeit von Wochen den Rang abläuft und alles wieder gut macht, was die lange Zeit verdorben. Übereinkunft der Gefühle im Wonneschrei lässt sich so leicht nicht aus den Adern des Bewusstseins tilgen und verlangt bestimmt nach mehr, wenn die Gelegenheit mit Unschuldsmiene leichten Zehenschnippens kommt, um dem süssen Reigen Weitertänzeln zu bescheren.

23. 9. 1999

Equilibrium und Reinheit in den feinsten Zügen Meines Mich-Begreifens. Sinnensein im Wahren und Bewahren jener Unschuld, die erschüttert und erhebt. Unantastbar *Bin Ich* Meiner eignen Blüte Wohlklang und Befrieden und verströme, was Ich Bin dem hingegebenen Beschauen. Seidenweiche Wohllust ist Mein Sein im Tempel der Holdseligkeit, in dem Ich Mich voll Grazie erlebe.

25. 9. 1999

Sammetsanftes Tauschen der Gefühle in der Ausgewogenheit des Weilens. Schwimmen in der lieblichen Musik der Sphären - wie im Traulichen der lichten Morgenruh. Was alles hat doch die Natur an Zartheit zu vergeben. Wie wohlgestaltet sieht die Liebe sich im samtenen Berühren, das die Wonne des Empfindens anfacht und im Zärtlichsein vermehrt. Wo sich die Klugheit zugesellt dem Einen, erblüht Glückseligkeit in reinen, vollen Zügen und erfüllt der Schöpfung Sehnen nach holdseligem Erfahren ihres Seinsberuhns. Wohlgewogenheit und Seinsvertrauen in der unnachahmlichen Grandezza des Sich-Vergebens an die Grazie des Augenblicks vor Gottes Thron.

1. 10. 1999

Ein feiner Gruss, ein feingefühltes Zueinander-Streben in der Abendweihe dieser stillen Zeit, das Ungestillte in des Herzens Schrein zu heben.

Wieder ist die Sehnsucht da: Ein unlöschbares Gluten, eine Wärme, die die Welt verzaubert und ein leiser Wehlaut, eben grad so viel.

Gruss der Kühnen, Gruss den Lippen, die den Wohllaut des Vereinens spielen lassen noch so gern im Selig-aneinander-Ruhn.

9. 10. 1999

Was nährt sich von der Freude, was von den Flammen des begeisterten Gefühls? Das sanft sich rötende Gespiel der Zärtlichkeit, dem sich das Hingegebensein vermählt in Treu und Glauben wie im unwahrscheinlichen Sich-an-den-Augenblick-Verlieren.

O wie ist das schön und unvergesslich schön im Zeichen voller Lebenslust im Grünen.

22. 10. 1999

Eine Wunderblume zagt um ihren fürstlichen Gespan, und nie verebbend nagt die Sehnsucht ihr vereintes Herzblut an. Die Tage des Gesundens sind so feierlich und schön von einem stillen Freudelicht durchzogen.

Melancholie des Wandels, Ebenmass des Weilens in der Trautheit einer ewigen Liebesmelodie.

Gefasst und heiter tret ich wieder in die Stapfen unerschütterlichen Weitergehns und segne, was dir frommt in deinen Tagen.

31. 10. 1999

Behutsamkeit im Brand des Sehnens fügt sich zum tiefinnigen Begreifen. Eine Welt der Schönheit der Gefühle öffnet sich den Trauten und begabt sie mit der Wunderweise samtnen Glücks im zarten Fluss der Stunden.

O wie steigert sich das feine Herzweh nun zur neuen Sehnsuchtsmelodie empor, nach Ewigkeit des So-sich-Seins in namenloser Zärtlichkeit und nie versiegendem Entzücken aneinander, in der Kunst des selbstverlornen Weilens.

1. 11. 1999

In dieser Weise lässt sich die Vereinigung als Ritual der Einigkeit bezeichnen, das die Sehnsucht der Geschlechter auflöst in herzinniges Am-Weltenaugen-blick-Genügen-Finden. Alles ist so liebelicht und schön in einem unaussprechlichen Gesunden, das sich zu Gefühlen rundet des vollendeten Gestilltseins in der Wunderwelt des Beieinander-Liegens.

5. 11. 1999

Wo sich das Zarte zart berührt, springt gleich der Funke eines wunderbaren Wohlgefallens hin und wider und befeuert die Gesegneten zu variationenreichen Künsten des Umfangens und Sich-inniglich-Verstehns.

Wie rasch kann doch die Zeit im Glück des Augenblicks verstreichen, wie liebvoll schauen sich die Augen an und offenbaren sich des Seelenspiegels liebelichtes Blinken. Was immer sich an Wundern in der Welt begibt, ist wohl von diesem leicht zu übertreffen ob der Grazie des Sich-Erlebens in der Einheit wonnig-lichem Spiel.

7. 11. 1999

Wo süsse Triebe sich erheben
lächelt uns der Liebe Mund,
lächelt uns ein warmes Leben
unser armes Herz gesund

Wenn die Wangen sich erröten
und ein jedes Wort uns klingt
wie der Nachtigallen Flöten,
wenn die Seele Jubel singt

Sind wir eins im guten Glauben
dass das Feuer nie verglüht
und uns, wie zwei zarten Tauben,
ewiges Entzücken blüht

9. 11. 1999

Weltenwandel in der Herzensruh ist Meines Seiens Attribut im Grünen.

Wachen Auges *Meiner* Schönheit dich erfreuen, trägt dich wie mit Siebenmeilenstiefeln unentwegt voran, und begabt dich mit unendlichem Begreifen.

Lausche innig Meinem Sang von Klarheit und bewundernswertem Variationenreichtum in den Zügen der Natur, ihr Fest des Seligen-in-sich-Beruhns zu feiern.

14. 11. 1999

Wie zwei Sterne in der Nacht blinken mir die Lichter deiner Augen Freud und Seligkeit entgegen. Was Gefühle sich nur sagen können, sagen uns die unsern an und beglaubigen, was wir uns sind, in vollen, wohlgesetzten Zügen. Alles Holde, Heitere und Seligmachende der Welt umfängt uns in den Stunden des Vereintseins und versetzt uns in ein Paradies von Wonne, Glück und Frieden.

Was Gestalt sich an Gestalt entwindet, sind Kränze bebenden Beglückens in so reinem Spiel, dass sich der Hauch der Zärtlichkeit wie Hyazinthenduft um unser Weilen legt.

19. 11. 1999

Woher, wohin der Wind des sommersonnenwarmen Sehnens nach Geborgenheit und Wonne in der Sphäre eines liebevollen Gegenübers, frank und frei und leis bewegten Zartseins, gleich dem Bunde der Geneigtheit zweier Ähren. Es lädt das eine sich zum andern ein, aus tiefgefasstem Wunsch von ganzer Seele, und berührt das Ewige in ihm im Zuge des Befreiens neuer Kräfte im erhabnen Menschentum.

Es lächelt einer sich dir an in nimmermüdem Singen, Spielen, Tanzen, heiter und gediegen.

1. 12. 1999

Feierlich und unverdrossen geh den Tag hinan in heiliger Absicht, ihn zur Güte hinzuführen. Den Missgeschick-Verheissenden leg rasch das Handwerk und begleite deiner Einfalt Züge mit Gewissenhaftigkeit, Geduld, recht unbeirrt im Vorwärtsschreiten. Lass andre anders sein in ihren Nöten; hilf ihnen, wo du kannst, von Lasten sich befreien. In grosser Liebe sag Ich dies zu deinen Gunsten und bewahre dich in Meines Herzens wonnevollem Wohl.

5. 12. 1999

Vereinigung aus purem Golde ist zu nennen, was sich in so verschlungner Weise abspielt zwischen Wohlgesinnten, Gleichgesinnten, wie im Märchen, wie im Sein der traulichsten Erfüllung eines Traumgeschehns.

Was weben wir Gedanken, wo die Sinne sich erfühlen wie in wunderbaren Klängen, wie im genialen Sich-Verschmelzen zur Alleinigkeit in höchster Wonne auf erhabenen Befehl. Ein Wogen ists und Winden und Verzärteln und Versinken in die Ruhe des Beglücktseins paradiesischen Erfahrens.

6. 12. 1999

Friedlich, freundlich einer Seele Glimmen in der Tagesliturgie. Reich an Kräften und voll Lebenssinn bewahrt sie sich im Reinen und bedenkt das Glück, das ihr gegeben.

Ohne Zweifel, ohne Murren, ohne Lebenswiderwärtigkeiten da zu sein, ist schon recht viel und bringt Gedeihen in den Garten des Gewissens, dass die Schönheit aufblüht, wo man schauend hinsieht.

Treibe du ein Röslein des Entzückens, wenn die Dinge deiner Gegenwart mit denen sich vereinen, die vor kurzem erst geschehn.

24. 12. 1999

Einer Wunderblume gleich seh Ich das Liebliche erblühen, das zwei Menschen eint zu einem Wesen fabelhafter Schöne. So wenig und so viel bedarf es, bis ein solches Werk sich vor den Kinderaugen offenbart, die es bestaunen.

Helfe uns der Weihnacht Liebesgabe, es zu hüten und in seiner Schlichtheit weit dahinzutragen, wo in Nächten es die Sterne überglühn und es in Sanftmut darf mit nie versiegendem Elan Vollendung zeugen.

31. 12. 1999

Uns sagt die Weisheit dieser Zeit, dass alles sich zum Seelenvollen wandelt, was das Menschenherz bewegt, dass alles leichter, lichter wird im Mass des Staunens, das wir uns erworben haben.

Bräutlicher denn je sei, was uns bindet, geistiger das Band und zärtlicher die hin- und widerwogenden Gefühle. Reiner Absicht zugetan, beglücken sich die Holden noch im Winterfrost voll Wärme und vereinen, was sie sind, zu unerschöpflichem Bewahren.

1. 1. 2000

Bange Ahnung weicht dem Strahlenlicht im freudigen Durchschreiten eines weiten Tors zu neuen Ewigkeiten.

Zögerndem gesellt sich drängende Gewissheit des Erfülltseins einer neuen Zeit mit Leben, Licht und Leichtigkeit des Schaffens und Erschaffens wundervoller Szenen.

Allbereit zum Scherzen und zum spielerischen Sein sind die Geschöpfe Seines Wunderwirkens.

15. 1. 2000

Immer an der Spitze der Zeit und des Lebens müssen und dürfen wir gehn. Jeder Schritt, den wir vollbringen, wird uns und anderen sogleich zum Beispiel dafür, was uns weiterführen oder hemmen kann. Glückhafterweise helfen uns Menschen wie Götter bei unserem Tun, und so vermögen wir, das in unseren Kräften stehende mit Anmut zu vollbringen.

Doch erst bewusst im Sein zu stehn macht uns wahrhaft frei im Handeln und spornt uns dazu an, das Neue und Gefährliche zu wagen.

22. 1. 2000

Im Liebeslicht erhellt sich jede dunkle Stunde; im Strömen zärtlicher Gedanken fügt sich Sinn zu Sinn, sodass wir niemals wirklich darben.

Ich sende dir die Morgenröte einer neuen Hoffnung auf die Lösung deiner Dinge in der Weise des Unendlichen, das liebvoll in uns west und uns beschützt und leitet, einem grossen Freudenziel entgegen. Sei mit mir tapfer in der Vielfalt deiner Tage, und bereite dir ein Fest aus Zartheit und Gelingen.

26. 1. 2000

Weltenwort im Keimen. Sinnkraft in der Melodie des Herzens, liebelicht und schön.

Alle Bünde sind in eins gebunden Meiner Majestät; jede Hoffnung hofft auf Mich in nimmermüdem Suchen.

Trautheit findet ihren Weg in Meinem Mich-Begründen, Seligkeit erstrahlt, wenn Meiner Züge Formung sich ins Ewige erlöst und alle Lasten von Mir fallen. Friedefertigkeit ist Meines Seins Idol.

30. 1. 2000

Bei und mit dir trägt das Leben Früchte des Begeisterns und Begütens, wie die Bäumchen auf den grünen Feldern Herbstesfrüchte tragen.

Land der Träume, Land der traumerfüllten Wirklichkeit im Grünen der phantastischen Gebärden im erfüllten Raum des liebenden Beglückens.

Was die Sterne uns erzählen, ist wie jede Himmelsweise schön.

7. 2. 2000

Keine Wünsche haben und dem Herzen sagen: Sei nun still in deinem Singen einer leisen Melodie von Sehnsucht nach der trauten Zartheit des Beisammenseins. Ja, die deine spüren und doch wissen: Es ist alles gut im Werdegang der Zeit. Was wir nicht haben, spannt den Bogen des Erwartens und erlöst sich in verströmende Glückseligkeit im wonnevollen Weilen.

13. 2. 2000

Woher das Herzflehn, wohin will es gehn, wenn nicht zu deinem, wie von Zauberkraft getrieben. Welch ein Pochen, welch ein Nagen am vereinigten Gefühl, wieviel

Schmerz und wieviel Schmelz muss es ertragen in der Ewigkeit des Zwischenraums von Zeit, in der wir nach uns darben.

Frohsein in der Kunst des noch nicht ganz Erreichten, jede Drangsal überwinden im Bewusstsein einer Glorie des Allerhöchsten, die uns innig angehört im Jetzt der Stunde der Erlösung.

25. 2. 2000

Glanz der Sterne, Glanz des Überirdischen im Seinsgewahren, sei dein Sehnen und dein Ziel.

Liebeskräfte hab Ich dir entbunden, Trautsein dir ins Herz gelegt mit wundervollen Tiefen eines Lebens in Glückseligkeit und Frieden.

Aus der Harfe deines seelischen Befindens lockte Ich die zartsten Töne des Entzückens und des Wohllauts harmonienträchtig und für immerdar ins Sein gelegt.

27. 2. 2000

Im Ringelreihentanz des Hoffens eine leise Melodie von Anmut und Beschaulichkeit, dein Herz zu grüssen. Was sich uns erschliesst im warmen Sonnenstrahl, soll wie die lautre Liebe zwischen uns zerfliessen und im Wohllaut des Behütens uns umwehn. Was die Zartheit sich erdacht, soll in uns wachsen in so frühlinghafter Weise, dass darob ein Lächeln der Holdseligkeit von Seel zu Seele sich erhebt und uns verbindet in der Traulichkeit der Sphären.

Voll Güte reich ich dir dies Bild ins Sein hinüber, dich im Grüssen zu beglücken wunderbar.

27. 2. 2000

Einer Windsbraut wirst du gleichen, lächelnd hingegeben und an das Gefühl verspielt, das alles in den Schatten

171

stellt, was sonst Gefühle dir bezeugen. Eins allein ist hier nicht gross; nur das zärtliche Vereinen adelt, was die Stunde sich zur Gunst erkoren, und beschert der brodelnden Verlockung auch Erfüllen in so reichem Mass, dass alle Sinne jubeln, dem Vollenden zu.

2. 3. 2000

Voll Wärme will Ich dich umfangen in der Stunde seinsgeschwisterlichen Zueinanderflutens zweier Lebensströme zu demselben Ritual der Traulichkeit im Sich-Beglücken und Entzücken. Wonne widerfahre dir, derweil die Fingerbeeren dich im Liebestaumel leise übergleiten.
Das Mass der Dinge ist das Mass der Zärtlichkeit, mit der wir uns umfangen. Die Gewissheit, sich im Tiefsten zu verstehn, beschert uns eine Woge von Glückseligkeit, die jegliches Bedenken siegreich überflutet, und uns uns selber in die Hände gibt des wunderbaren Das-Lebendige-Berührens. Traut und heimisch ist uns dies im traulichen Begegnen wie in der seligen Bewegtheit der Gemüter.

7. 3. 2000

Trank der Güte, Trank der Wonne in den Tagen wahrer Ruh. Silberstreif am Horizont von auferstehendem Bedeuten wie von reinem Glück im himmlischen Gebärdenspiel.
Leis, leise web Ich dir Gedanken der Holdseligkeit ums hingeneigte Haupt, dass es sich hebt in wundervolle Sphären, und sich nährt am Wohlverstand, aus dem das Weltverstehn sich offenbart in glanzerfüllten Zügen.

10.3. 2000

Was lebt und webt im herzenstiefen Einssein der Geschöpfe, äussert sich in zärtlichen Gebärden des Erinnerns, des Bewegens und Berührens, für und für.

In Trautheit grüssen sich die Trauten einer seelenvollen Elegie und lassen Ströme reinen Sehnens zueinander fliessen.

19. 3. 2000

Wer Sehnsucht aussät, wird auch Sehnsucht ernten in der Tage lichtem Weh.

Was kommt, muss auch vorübergehn und muss der Freude weichen, die aus jeder Lebenskrume sich verströmen will ins Unermessliche der Sphären.

Kommt Zeit, kommt Rat, und ratlos Bin Ich nie im Born der Gründlichkeit, dem Ich Mein Sein verschrieben.

Wandle du im Wandel tapfer deinen Sternen zu und lächle unserm, wie die duldende Madonna, Grazie entgegen.

25. 3. 2000

Soll ich dir schöne Dinge schreiben ins Gebetbuch deiner Qual? Verlässest du den Weg der Tugend, wenn die übermächtige Neigung dich besinnlos macht und sich das Herz zerflattert nach der himmlisch wohlgefühlten Zärtlichkeit, die jeden Notstreich ins Vergessen treibt und sich so lind wie Sommerwind ins dürstende Gewissen schmeichelt, dass es liebetrunken an der eignen Lust vergeht, die ihm beschieden?

Ja, es ist ein Sinken und ein Auferstehn in dem, was wir uns zu Gemüte führen, und ein Wanken und ein Stehn, und alles ist der Lichthauch einer wundervollen Märchensage.

26. 3. 2000

Warm umfangen, Zärtlichkeit erlangen möchte doch der Seele Liebesdurst in allem nur.

Ach, so weich gestimmt ist ihre Weise, da zu sein in wundervollen Träumen.

Fläumchenleicht erhält sie sich im Schweben zwischen Zagen und Ertragen und bejaht, was ihr geschieht voll Dankbarkeit für was ihr schon geschehen. Das ist fein und rein und wunderbar.

26. 3. 2000

Siehst du, es ist eben zwischen zwei Wesen etwas entstanden, das sie wie ein Drittes hüten, pflegen und in seiner seienden Bedeutung unentwegt vermehren wollen.

Soll mans Liebe nennen oder abgrundtiefe Sympathie: Es *ist* und klagt und wimmert, wenn es nicht genährt wird von der Fülle liebenswerter Taten. Achtung will es ebenso wie die Erlösung von den Traumgesichten, die es produziert.

Immer doch gereicht uns dies zum Wohl und bereichert unser Leben, so wie Fürstliches die Tafel deckt mit Köstlichkeiten.

12

Einer sanften Stimme Wohlgesang

30. 3. 2000

Einer sanften Stimme Wohlgesang klingt mir ins Herz,
wenn wir uns über Funk begegnen.

Leichten Fliessens ziehn die Tage silberhell dahin,
wenn uns nichts fehlt in den Gewinden unserer zerbrechlichen Statur. Ein Gruss, ein liebelichtes Lächeln,
deiner Schönheit zu.

2. 4. 2000

Im Sonnkreis sind wir Wohlgeborgene des Lichts und
dürfen Wärme, Helligkeit und Freude von ihr spüren. Die
Tage geben sich in Anmut und Gelassenheit die Hand,
die Harmonien fördernd in der Seele bräutlichem
Gemach. Was innen ist, strömt wie die reine Zärtlichkeit
dem Lauschenden entgegen und bewegt die Herzlichkeit,
die es in Feinsinn und Holdseligkeit geniesst. Es scheint,
als hätt' uns die Natur die zartsten Blumenkränze schon
ums Haupt gewunden und versieht uns noch mit so viel
neuerspriessenden vom Himmel her.

14. 4. 2000

Eine Herzensbitte und ein süsses Weh ist jedes Frühlings
Auferwachen zur Holdseligkeit des Blühns, ist jedes
drängende Erwarten einer See von Zärtlichkeit im
Weilen.

14. 4. 2000

Nur ganz leis, ganz lieb und sachte will ich dich berühren
in der Frühlingsstimmenzärtelei, die uns beschieden.
Hauch um Hauch, und Sanftmut um verspielte Grazie zu
tauschen, sei uns aufgegeben in des Wohlgelingens Spiel.
Jedes Lächeln schwellt die Segel des Verlangens; jede
gute Gabe reiner Zärtlichkeit befriedet, was sie sich

verheissen in dezentem Wagemut und liebevollem Sich-Bescheiden. Kunst des Köstlichen weiss immer, sich voll Anmut zu benehmen und vereint sich mit der Lieblichkeit der Sphärenharmonie, in der wir sind und weben.

Wachsen wie die Blümchen sollen wir zum Licht der wahren Schönheit still empor, indem wir uns den Wohlklang der Glückseligkeit bereiten.

17. 4. 2000

Wie fügt sich Reim an Reim zu einer Poesie von wundersamer Schöne. Wie schmiegen sich die Stunden ins Gewissen von dezentem Sonnenschein und Lieblichkeit im waldnatürlichen Gelispel. Sinn zu Sinn und Sinnlichkeit in sanftem Intonieren vereinen sich zur Melodie balsamischen Begütens. Wie wunderbar ist alles wahr, was sich die Hände und die Häute zart besagen; wie hingegeben treffen sich die Wünsche in der Einigkeit derselben Wahl, indem sie gegenseitig sich verführen.

Blüht der Frühling, blüht er auch verlockend in den Keimen, und entfaltet sich zur Pracht vollendeten Erblühns. Nun wägen wir sein Wirken mit dem unsern, und begreifen, dass es Unwägbares gibt im Grunde der Natur, dem wir so leicht nicht auf die Schliche kommen.

20. 4. 2000

Auch die Beziehung, die die unsre ist, ist uns im Grund ein unerschöpfliches Mysterium, dem wir in unserm Menschsein uns zu stellen haben. Bereicherung und Ansporn dürfen wir in ihrer Fülle ebenso erfahren wie geheime Ängste, die sich nur im Wesen des *Ich Bin* behutsam überwinden lassen.

Heut ist ein Tag, an dem ich unbeschwert und ganz gesundet sein und leben darf, und dies wie ein Geschenk des Himmels aus tiefster Seele dankbar anerkenne.

In zartem Mich-an-Dich-Verströmen.

23. 4. 2000

Gefühle sind im Irgendwo zu finden, herzenstief und unermessen. Sie verbreiten Sehnsucht, wo das Wesen geht und steht und langen nach der zarten, liebevollen Schönen.

Wogen sind sie, die zum warmen Land sich wenden, es in Zärtlichkeit zu überfahren wie in sanftem Liebesweh.

Weilen, heilen, trösten und beseligen ist ihr Vermögen, das gestaltet sich zum Fest beglückenden Vereinens.

27. 4. 2000

So schwärmerisch, so wärmerisch in Herzens Glut. Ein Zug zu Nächten des Vergessens, zu diskreten Stunden köstlichen Erblühns im all so sanften Miteinander, im bedächtigen Sich-gegenseitig-Ruh-Gewähren.

Keiner Sorge Plan, kein Widerstehn und immerzu der Fluss der Sympathie, der jede Geste, jedes Wort verklärt im nimmermüden Sich-mit-Zärtlichkeit-Umfloren.

30. 4. 2000

Gibt es Doctores, ein Herz zu heilen, das in Phantasien sich verrennt von unnennbarer Süsse, das von Zärtlichkeiten schwelgt, die ihm in wunderbarem Einklang mit dem Traulichen geschehn, das ihm begegnet, liebevoll und wahr? Wie milden, wilden Honig schlürft es, was Natürlichkeit ihm bietet; es lässt sich von besänftigender Lieblichkeit umwehn, und gibt sich ins Vertrautsein, wundertätig im Verschenken.

Gerade was die Scham sonst scheu verhüllt, will sich im Liebestausch aufs Zärtlichste zusammenfügen. Die Sehnsucht webt ihr eigen Tuch, und breitets vor sich hin, die Lieblichkeit hineinzulegen. Die Augen fahren voll Entzücken über so viel Schönheit hin, die sich im Sonnenlichte offenbart, und sich ergibt der Feinheit des Berührens.

Bewegte Stille im Gestilltsein, seidenweiches Seinsberühren im Mysterium der Einheit, die sich bildet in berückender Manier.

7. 5. 2000

Rausche Fluss das Tal entlang
eine Schöne wird dich schauen
und bei dir, liebevoll und bang,
auf ihre Hoffnung bauen

Baue, Herz, was dir gefällt
in der Hoffnung Strömen
und verziere deine Welt
mit des Flusses Tönen

Rausche Fluss das Tal entlang
bring ihr, was sie sehnet
und was sie gar scheu und bang
hundert Mal erwähnet

16. 5. 2000

Zeichen sind des Hoffens besonders jugendlich und schön.

Naht sich das Ersehnte, hüpft das Herz in immer freudigeren Schlägen; ist es da, so weiss es sich vor

Wonne nicht zu lassen, und bereitet sich den Tag zum Fest der Seinsnatürlichkeit in wundervollen Zügen.

Wie die Sonne lächelt, lächeln sich die Wesen Seligkeiten zu, und fassen sich und lassen sich im Traumgemach des Spielens.

20. 5. 2000

Was die Lippen sagen, sagte sich das Herz schon längst zuvor und drehte und bewegte es vom Hundertsten ins Tausendste in zartgestimmtem Wogen. Weilen will es in Geschwisterschaft und Milde im Empfinden reinen Seligseins im Vorhof des Elysiums, der uns im Hier umfängt und tief beglückt zuzeiten in des Seiens Harmonie.

Es ladet uns zum Feste, was wir sind und sehnen, und geleitet uns zum Spiel der Wonne im durchsonnten Freudensaal.

25. 5. 2000

Schwelgen in Genügsamkeit und Seelenaugenfrische sei dein künftig Los; Mitleid mit den Suchenden, Vertrauen in dein Sehnen und Gemeinschaft mit den Seinsbegabten: deines Starkmuts Dich-Begaben.

Schön im Schönen sei dein Angesicht im Schauen reiner Heiterkeit in Mir; mit Träumen reich begabt dein wissendes Sinnieren.

Fein und voll umfang Ich dich mit Meiner Schwingen meisterlichem Fluten.

3. 6. 2000

Wundertat des liebevollen Sich-Ergänzens zur entzückend einigen Figur im zärtlichen Umfangen. Kaum hoch genug sind Küsse anzuschlagen, wenn sie so viel an Seligkeit verbreiten im Gemüt, derweil die

181

Liebsten ihren Saft wie Nektar gierig trinken. O Wonne des gestillten Beieinanderliegens in der innigsten Vertrautheit, die sich in der Stille offenbart des köstlichen Verweilens. Haus der Grazie und Freude im beseelten Zwiegespräche, mit dem die zart Umschlung'nen sich begrüssen.

Weide dich, du Süsse, noch und noch am süssen Spiel, das uns die Götter frei und fein gewährten in den Tagen deiner Ruh und deines Träumens vom Gewesenen und wieder Kommenden in Sanftmut und Entzücken.

Laut und leise, hell und lächelnd klingt es nach in wundersamen Tönen des Empfindens und entfacht der Sehnsucht Sommerwindhauch im Vorübergleiten.

Komm, o komm in meine Arme, meinen Schoss, verkündet sie und stille, was so sehr verlangt nach Innigkeit und innigem Befrieden.

5. 6. 2000

Das Niemandsland der Träume ist so reich und schön, wenn sich darin zwei Träumende bewegen. Es wird zum Paradiesesgarten in der Trautheit eines Stelldicheins in der Natur, von dem die Dichter lang noch Wunderdinge zu erzählen haben.

Lass das Weinen, Herz, nach einer Episode, die vorüberweht, Ich öffne neue dir in einem märchenhaften Kranz von Schönheit des Erlebens, von Glückseligkeit und Grazie und Anmut in verspielten Zärtlichkeiten.

10. 6. 2000

Die Füsse schwelgen vom Spazieren, es hüpft das Herz vorm Bild des zärtlichen Beisammenseins; von Liebe glänzt der Blick im lieb gewonnenen Sinnieren.

Was sich zu Wogen aufwirft, flutet allgemach zur Sanftmut nieder; was sich im Sprung bewegte, regt sich

im leise leicht Berühren zu beglückenden Empfindungs-
zaubern an.

Im Licht der Freude stehn die Auserwählten einer
Zeit der Güte und der gut gewordenen Lebensdinge in der
Blätterkathedrale.

12. 6. 2000

Dem Glück ins Auge blicken darf der Hingegebne an die
Wirklichkeit der schönsten Träume, die seit Ewigkeit das
Menschenherz durchziehn.

Die Güte solcher Tage macht ein ganzes Leben gut
und licht und leicht und liebenswürdig vor dem
Seelenaugenblinken, und beflügelt Herz und Sinn zum
Loblied der Begeisterung in wonnevollen Tönen. Wo
liegt denn Elysien, wenn nicht in der wundervollen
Einheit aller Wesen, die sich im bewegendsten
Empfinden Zug um Zug aufs Innigste verstehn und weder
Frag noch Antwort brauchen im Erblühn des
Zärtlichseins in reinster Harmonie.

Das Auge des Erinnerns weidet sich entzückt am
seeleninnigen Entzücken, das wie Sterngeläut durch
Stunden wachsenden Geniessens klang. Ihm bietet sich
ein Land des Friedens dar, und eine Stätte stillen Sich-
Verströmens an die Gegenwart des Seinsgeliebten. Kein
Wunschgebild kann so viel von Erfüllung in sich tragen,
wie dies doch so warme, weiche, zarte, linde
Ineinanderschmelzen, das voll Anmut wie von selbst
geschah.

Glückselig, wem die Gunst des Schicksals und der
Stunde soviel mitten auf den Weg gegeben; sanft von
Sanftmut jedes Herz, das noch die Glut erwärmt von
solchem Liebefeuersprühn. Und Dank dafür den Göttern
sei aufs Traulichste gegeben.

13. 6. 2000

Die Sommersonnenwärme liegt mir im Gemüt und möchte sich an Dich verströmen. Das Ein und Alles sammetweicher Zärtlichkeit bewegt mein Herz zum Staunen und zum Sich-Erinnern wie zur Sehnsucht nach viel mehr. So voll, so süss, so hingegeben, so geschmeidig, mädchenhaft und graziös liegst du in meiner Arme Bund und windest dich und schwindest hin wies zarte Lämmchen vor der Lust der aneinander- schmiegenden Behutsamkeit, die dich, die uns ergriffen. Wie festlich, feierlich und schön sind Stunden voll von so viel Lieblichkeit und Labsal für die wunde, runde Seele, die sich wie zum Singen, Klingen, Jauchzen, Jubilieren und Psalmieren leichten Flugs erhebt und in der Stille heimwärts gleitet ins besonnte Glück der Sphären.

Was du immer dir bedenkst, behütest und im Seelen- sein bewahrst davon, es ist bezaubernd wonnevolles Herz-und-Sinn-Bewegen in der Trautheit einer lang- gedehnten Liebesmelodie.

Gutsein, Milde und Vergeben einen, was wir sind, zur selben Blüte im Gewächshaus Amors, der so linde, tiefe Pfeile uns versetzt, dass wir darob so leicht nicht mehr genesen wollen oder können, offenbar.

Dich grüsst mein Ich in seelenseligem Gelauntsein und vermengt das innigste Gefühl mit deinem im Vermengen zweier Lippenpaare.

18. 6. 2000

Vom Seelensein in reiner Fülle des Empfindens flüstert es im innersten Gemach, von Zärtlichkeit Elysiens und vom Vereinen eines Menschenpaars im Wunder wundervollster Harmonie im Sich-Erleben. Trautheit bis zur letzten Fiber sammetsanften Ineinander-Übergehns versieht das lächelnde Gemüt mit Weichheit und

Beglücken ohnegleichen und befriedet für ein Leben, das das Herz voll Liebe sich erkor. Im Zauberkreis der Güte des Geschehns versinkt die Welt zu einer einzigen, erschütternden Gebärde wonnevollen Sich-Verströmens.

25. 6. 2000

Tripp, trapp, tripp, trapp zu ihr gehn die Gedanken im Gedankenpferdchentrab; ich mag den Hufschlag hören und das Herz mag brennen im Moment des Klopfens an der Tür. Ins Auge schiesst die Freude ob dem Wiedersehn, und in die Sehnen Kraft des tätigen Umfangens. Lautlos schliesst sich Brust an Brust zur Liebeslitanei zusammen und erzählt sich das Entzücken und die Wonne eines langgedehnten Augenblicks in lächelndem Geniessen.

2. 7. 2000

Nicht zu zähmen und zu zahlen ist, was wir uns sind in so viel zärtlichem Umfangen. Schön geöffnet für den Tag der tausend Freuden, fassen wir uns all so liebvoll an und bewegen und erheben, was uns lind durchströmt, ins warme Herzgefühl, dass es von dort sich an den Liebestraum des Einigseins vergebe. Du und du und du im Klang der unermessnen Wonne, die uns durch die Stunden der Verzückung führt.

6. 7. 2000

Gewaltfrei und gediegen Zärtlichkeit um Zärtlichkeit verwehn, welch gnadenvolles Buchstabieren einer Weisheit, die zutiefst zu Herzen geht. Im Zeitenlosen sich verlieren ob dem süssen Weg, den wir zusammen liebeleicht beschreiten, und getauft sein von so zartem Glücksempfinden, dass die Seelen, wie zum Fest gekleidet, selig sich umfangen und durchströmen in der wonnevollen Kür.

10.7. 2000

Rein und zärtlich lieben will Ich alles, was Ich von dir vor Mir seh. Es fügen sich die schönen Züge deines Wesens Zug um Zug in Meine Ansicht vom vollkommenen Vereinen in der Liebe lichtem Spiel. Was immer das Entzücken mehrt, ist in dein Herz geschrieben, und beschreibt das Meine wie mit goldnen Lettern in der Andacht des Gestaltens neuer Freudenschübe in der Wonne des Geschehns. Nur du weisst solches und so zärtlich zu erzählen, dass die Stunden uns zerschmelzen im beschwingten Sonnenschein und jede süsse Gabe als Geschenk des Engels Gabriel erscheint im Liebesgarten.

Walle, wandle durch die Zeiten als Beglückte deiner eignen Ruh und strahle Glück und Frieden aus zu deinen Lieben, dass sie sich freuen mögen in Bewunderung und wunderbarem Sich-Ergeben. Finde Gnade vor dir selber, und du wirst erreichen, dass die Welt dir gnädig ist in jeder Weise des begeisternden Elans, den sie dir mitteilt im Erleben.

Raschen Flugs beleg Ich dich mit zärtlichem Liebkosen und vergüte deinen Tag, wie man das Brot mit Honigseim vergütet, um es doppelt zu geniessen. Trautheit hüllt dich ein von Mir und Meinem Dich-aufs-köstlichste-Begehren.

14. 7. 2000

Für alles Lichte, Warme will Ich dich erwärmen und begeistern und ermuntern in der Tage monotoner Eigenart.

Meiner Sphären inne, wirst du soviel Wunderdinge sehn, die Mein Hiersein tausendfach beweisen.

Lass nicht ab vom Sehnen nach Gerechtigkeit und Frieden, und verbirg dein Lebensweh in Meinen weiten Schwingen, die dich huldreich, liebevoll umfangen.

16. 7. 2000

Das war so gut; noch schwimmt die sanfte, zärtliche Erregung mir im Blut und nennt mir deinen Namen. Noch bindet sich der Sinn an das so liebevolle Sich-Berühren und Vermählen und Sich-Wunderdinge-aus-Gefühl-und-Liebeskraft-Erzählen.

Deine Inbrunst lässt mich nimmer los, und deiner Glieder weiche Fülle lässt mich träumen von Bezauberung und wonnevollem Sich-in-Küsse-Schweigen von begehrenswerter Süsse und dezentem Weh.

17. 7. 2000

Ob soviel Zartheit und Entzücken schwimmt die Seele seliglich in einem Freudenpool und puscht sich ein ums andre Mal ans Ufer der Unendlichkeit in Freudentränen.

Eine See von Zärtlichkeit verbreitet sich vor Meinem Schauen, ein Ganz-in-eins-Verschmolzensein von unermessner Süsse. Küsse tauschen, Schösse, und in ihre linden und verheissungsvollen Gründe tauchen, welch ein Wonnesein und stillendes Verweilen.

21. 7. 2000

Deine Herzensfreiheit schwenkt hinüber in Mein Lob. Lob der Sterne, Lob der Herrlichkeit in allen Dingen Meiner Schöpferphantasie; denn was Begeisterung sich erschuf, hallt von Begeisterung wieder in den ungezählten Räumen Meines Wirkens, in der Kraft verschwenderisch gesandter Energie.

Es ist die Lust am Sein, aus der die Werke sich ergiessen, der Reichtum, dessen Überfülle sich ins Sein entlädt der Myriaden Variationen. Du selber atmest Meiner Züge Glanz, du kostest, was Ich Bin in deinem Seelenjubel und gewährst dir Meines Allerfüllens Freudenzahl.

Ins Licht erhoben Meiner seinsbedingten Grazie, erkennst du, was es heisst, in Ewigkeit nicht anzustossen. Du lebst die Freiheit in der Meinen und verbirgst dich nicht vor Mir, denn vor sich selber braucht sich niemand zu verbergen.

Stoff von *Meinem* Stoff und klingende Glückseligkeit von *Meinem* Klingen bist du in der Heerschar der Gerechten Meines Seinserlebens. Glorie im Werden und Vergehn erfüllt dein Streben nach Bewusstsein im unendlich reinen Wohl.

In unverwandter Zärtlichkeit umfängt sich in den Himmeln Meiner Gnade, was sich ewig liebt, und spendet sich den Balsam des Beglückens immerzu im Lied holdseligen Empfindens und Erfindens, in der Trautheit wundervoller Eintracht, wie im Fluss unendlich feiner Stille, die die Liebe sich zur Lieblichkeit erwählt.

Das ists. Im Amen liegt Vollenden zugleich mit dem Weitergehn, im Abschied Neubeginn in säftevollen Zügen.

Diesen Kranz geheimnisträchtigen Verratens leg Ich voll Anmut vor dich hin, dein Sehnen in die Sphären Meines glückerfüllten Seins zu heben, eins mit allem, allbewusst in Mir.